BY HUGH LOFTING

BY HUGH LOFTING

THE
VOYAGES
of DOCTOR
DOLITTLE

航海記

2

天才動物醫生
杜立德

Hugh Lofting 休・羅夫汀 著
陳柔含 譯

小樹文化
Little Trees

THE VOYAGES of DOCTOR DOLITTLE

航海記 2

天才動物醫生
杜立德

作　　者：休・羅夫汀（Hugh Lofting）
譯　　者：陳柔含

出　　版：**小樹文化股份有限公司**
社長：張瑩瑩｜總編輯：蔡麗真｜副總編輯：謝怡文｜責任編輯：謝怡文｜行銷企劃經理：林麗紅
行銷企劃：李映柔｜校對：林昌榮｜封面設計：周家瑤｜內文排版：洪素貞

發　　行：遠足文化事業股份有限公司（讀書共和國出版集團）
地址：231新北市新店區民權路108-2號9樓
電話：(02) 2218-1417 傳真：(02) 8667-1065
客服專線：0800-221029
電子信箱：service©bookrep.com.tw
郵撥帳號：19504465遠足文化事業股份有限公司
團體訂購另有優惠，請洽業務部：(02) 2218-1417分機1124

法律顧問：華洋法律事務所 蘇文生律師
出版日期：2024年5月29日初版首刷

ISBN 978-626-7304-45-7（平裝）
ISBN 978-626-7304-41-9（EPUB）
ISBN 978-626-7304-42-6（PDF）

國家圖書館出版品預行編目資料

天才動物醫生・杜立德(2)航海記／休・羅夫汀（Hugh Lofting）著；陳柔含 譯 -- 初版 -- 新北市：小樹文化股份有限公司 出版；遠足文化事業股份有限公司 發行，2024.05
面；公分

譯自：The Voyages of Doctor Dolittle
ISBN 978-626-7304-45-7（平裝）

873.57　　113004058

First Published in 1922 in English under the title *The Voyages of Doctor Dolittle*

小樹文化官網
小樹文化讀者回函

獻給我的孩子，
伊莉莎白與柯林。

目錄

Part 1 杜立德醫生回來了！

Part 2

聰明的杜立德醫生

Part 3

杜立德醫生再度啟航

Part 4

危險的海上旅程

Part 5

印第安博物學家

Part 6

新國王與新國度

楔子 為什麼我會寫下杜立德醫生的故事？

到目前為止，我筆下有關杜立德醫生的故事，都是過了很久很久，才從認識他的人那裡聽來的。雖然很多都是我出生之前就發生的事情，但是接下來對這位了不起的人所做的記述，則是我親身目睹並參與過的。

很多年以前，杜立德醫生就同意我這麼做了，只是我們都忙著航海環遊世界，四處冒險並記錄豐富的自然史，所以沒有時間坐下來、好好寫下我們的事蹟。

我年紀已經大了，記憶力也不那麼好了；但是每當我有所遲疑，必須停下來回憶時，都會請教鸚鵡波妮。

在我寫這本書時，這隻神奇的鳥兒（她現在已經快要兩百五十歲了）都會坐在我的書桌上，自己哼起水手歌。認識她的人都知道，波妮的記憶力是全世界最好的，如果我對某些事情的經過不太有把握，她總是能幫我釐清，精確的告訴我整段過程、有誰在場，以及相關細節。事實上，有時候我會覺得這本書是波妮寫的，而不是我。

好了，我們開始吧。首先，我要介紹一下我自己，以及我為什麼會認識杜立德醫生……

Part 1

杜立德醫生
回來了！

1 鞋匠的兒子

我的名字叫湯米．斯達賓，已經九歲半了。我的爸爸雅各．斯達賓，是沼澤窪鎮的鞋匠。當時，沼澤窪是很小的小鎮，有一條河流從鎮中間穿過，河流上還有一座名為「國王橋」的老舊石橋，連通市集與對岸的教堂院落。

航行在大海上的帆船會沿著河流而上，下錨停泊在石橋附近。以前，我都會到河堤看水手卸貨，他們會在拉繩子的時候唱奇怪的歌謠，我便把這些歌記了下來。我會坐在河堤、雙腳懸在河面上跟他們一起唱，假裝自己也是水手。

從很久以前，我就渴望搭上那些船隻一起勇敢的遠行。船隻會在沼澤窪教堂那裡轉彎，然後慢慢沿著河流下行，最後穿過寬廣孤寂的沼澤航向大海。我想一起航向外面的世界，到外地尋找自己的天命——去非洲、中國和祕魯！當船隻彎入那段看不見河水的地段時，你依然能看見大大的棕色船帆聳立在小鎮之上，慢慢的前行，就像巨人無聲無息的行走在屋舍之間。我會猜想，那些船隻都見識過什麼新奇的事物、什麼時候會再回到國王橋。我也會坐在那裡想像從未見過的異鄉土地，直到那些船消失在視線之中。

那段日子裡，我在沼澤窪鎮有三個要好的朋友，其中一個是捕撈貽貝的老喬，他就住在橋下簡陋的河岸小屋裡。這位老先生是製作東西的奇才，我從沒見過雙手這麼靈巧的人。他會幫忙修補我在河面上玩的玩具船、會用運送物品的木箱和木桶側板製作風車，還能用舊雨傘做出最棒的風箏。

有時候，老喬會帶我坐上捕撈貽貝的船，當潮水退去，他就會將船划到下游的出海口，撈貽貝和龍蝦來賣。我們會在冰冷孤寂的沼澤地見到飛翔的野鵝，還有棲息在滿是海蘆筍和高高雜草鹽沼裡的杓鷸、赤足鷸和其他海鳥。我們會在傍晚乘著上漲的潮水慢慢上行，當國王橋上的燈火在薄霧中閃閃發亮時，就知道該吃晚餐、生火取暖了。

我的另一個朋友是馬修．馬格，也就是「賣肉給貓吃的肉販」。他是個患有斜視的有趣老頭，外表很邋遢，不過跟他聊天非常愉快。他認識沼澤窪鎮的每一個人，也認得所有貓和狗。在那個年代，賣肉給貓吃是很常見的生意，幾乎每天都可以在街上見到這種肉販，他們會用木托盤裝著一串串的小肉塊，大喊：「來買肉喔！」大家便會付錢給他，把肉給貓和狗吃，而不是拿狗餅乾或餐桌上的剩飯來餵食。

我很喜歡和馬修一起到處閒晃，看貓和狗在聽見他的叫賣聲後跑到院子的柵門前。有時候，馬修會給我一些肉來餵貓和狗，我覺得很好玩。他認得很多狗，也會在穿過小鎮時告訴我那些狗是什麼品種。他自己也養了幾隻夠，其中一隻是惠比特犬，跑得非常快，經常在週六的獵犬賽為馬修贏得獎盃。他還養了一隻㹴犬，是抓老鼠的好手。除了賣肉給貓吃之外，他還有另一門生意是幫磨坊和農場主人抓老鼠。

我的第三位好朋友是隱士路克，不過晚點再介紹他。

我沒有上學，因為爸爸沒有錢讓我去學校。不過我非常喜愛動物，所以會收集鳥蛋

✦我會坐在河堤，讓腳懸在水面上。

和蝴蝶、在河邊釣魚，也會在鄉間循著黑莓和香菇漫步，還會幫老喬修補漁網。

沒錯，在好多年以前，這樣的生活非常快樂——不過那時候的我當然不這麼認為。當時的我只有九歲半，跟其他男孩一樣想要長大，無憂無慮又不知道天高地厚。我總是期盼有一天能離家，乘上那些英勇的船隻，順流而下、穿過霧氣籠罩的沼澤地，到遠大的世界追尋我的天命。

2 了不起的博物學家

春天的某個清晨，我在小鎮後山閒晃，碰巧撞見一隻抓著松鼠的老鷹。他站在一顆石頭上，而松鼠正拚命掙扎。突如其來的相遇嚇了老鷹一跳，於是他放開那隻可憐的松鼠飛走了。我撿起松鼠，發現他的雙腳傷得很嚴重，於是將他放進懷裡、帶回鎮上。

我來到橋邊，走進老喬的小屋問他能不能幫忙。老喬戴上眼鏡仔細查看，接著搖搖頭。

「這個小傢伙的一條腿斷了，」他說，「另一條腿皮開肉綻。我可以幫你修補小船，小湯。但是我沒辦法讓受傷的松鼠活蹦亂跳，我不懂也沒有工具，這得由外科醫生，而且是優秀的外科醫生來做才行。我只知道有個人能救這個小傢伙，那就是約翰・杜立德。」

「約翰・杜立德是誰？」我問，「是獸醫嗎？」

「不是，」捕貽貝的老喬說，「他不是獸醫，杜立德醫生是博物學家。」

「什麼是『博物學家』呀？」

「博物學家呢，」老喬一邊說，一邊摘下眼鏡，並在菸斗裡填滿菸草，「知道非常多有關動物、蝴蝶、植物和石頭之類的知識。杜立德醫生是了不起的博物學家，我很驚訝你這麼喜歡動物，居然沒有聽過他。據我所知，他非常了解貝類，他是個話不多的人，有人說他是世界上最了不起的博物學家。」

「他住在哪裡？」我問。

「就在小鎮另一邊的奧森索路上，我不知道是哪一間房子，但我想那裡的人幾乎都知道。去找他吧，他很了不起。」

於是我向捕貽貝的老喬道謝，帶著松鼠出發，前往奧森索路。

我來到市集，馬上聽見有人在大喊：「來買肉喔！」

「是馬修，」我自言自語，「他一定知道醫生住在哪裡，他什麼人都認識。」

於是我趕緊穿過市集攔住他。

「馬修，」我說，「你認識杜立德醫生嗎？」

「我認不認識杜立德醫生？」他說，「當然認識啊！我跟他，就像和我太太那麼熟，有時候我還覺得跟他比較熟呢。他是個了不起的人啊，非常了不起。」

「你可以告訴我他住在哪裡嗎？」我問，「我想帶這隻松鼠去找他，他的腿斷了。」

「沒問題，」肉販說，「我待會會經過他家，跟我一起來吧，我告訴你。」

於是我們便一起出發。

「噢，我認識杜立德醫生好多年了。」我們離開市集時，馬修說，「但他應該不在家，他出海去了，不過可能隨時都會回來。我告訴你他住在哪一間房子，你就知道要去哪裡找他了。」

走在奧森索路上，馬修不斷談論他那位了不起的朋友杜立德醫生。他說個不停，都忘了要喊：「來買肉喔！」我們後來才驚覺，有一長串的狗兒耐心的跟在後面。

「醫生去哪裡了呢？」馬修拿肉給狗兒吃時，我問。

「我沒辦法告訴你，」他答道，「沒有人知道他去了哪裡，也不知道他什麼時候去、什麼時候回來。他獨居，只有寵物陪在身邊。他經歷過幾次了不起的航行，也有很棒的發現。他上次回來的時候告訴我，他在太平洋發現了印第安人的部落，他們住在兩座島嶼上，丈夫住在其中一座島嶼，妻子則是住在另一座。那些印第安人很明理，但有些比較野蠻。兩座島嶼的人一年只會見一次面，丈夫會到妻子的島上享受盛宴，大概是過聖誕節吧。他是個很棒的醫生，沒有人像他這麼了解動物。」

「他怎麼會這麼了解動物？」我問。

肉販停下腳步，彎下腰來在我的耳邊悄悄說：

「他會說他們的語言。」他聲音沙啞、語帶神祕的說。

「動物的語言？」我驚呼。

「是啊，」馬修說，「動物都有自己的語言，有的話比較多，有的話比較少，有的只會用肢體語言，就像瘖啞人士。但是這些語言醫生都會，無論是鳥類還是別的動物。我和醫生沒有把這件事說出去，因為說了只會被別人取笑。啊，他甚至會用動物的語言書寫喔，還會朗讀給他的寵物聽。他用猴子語寫了歷史書，用金絲雀語寫詩，也寫了搞笑歌曲讓喜鵲唱，這是真的。他現在忙著學貝類的語言，不過他說貝類的語言很難，還因為把頭泡進水裡而得了幾次重感冒，真是了不起。」

「他一定很了不起。」我說，「真希望醫生在家，我就可以見到他了。」

「他家在那裡，你看，」肉販說，「就是彎道旁邊那間小房子，高高的，看起來就像坐落在比路面還要高的圍牆上。」

我們已經走到小鎮外面了，馬修指的那間房子孤零零的，看起來很小，似乎被大大的庭院圍繞，而且庭院比路面還要高，得步上一段台階才能來到圍牆邊的柵門。庭院裡的果樹長得很好，枝條都垂到了圍牆上，但是圍牆很高，所以我看不見其他東西。

終於抵達了，馬修走上台階，來到了柵門前，我也跟在他後面。我以為馬修會走進庭院，但是柵門上了鎖。一隻狗從屋子裡跑了出來，咬了幾塊肉販推進柵門裡的肉塊，還有幾個裝滿玉米和麥麩的紙袋。我發現這隻狗沒有像一般的狗那樣停下來吃肉，而是把所有東西都叼進屋子，接著就消失了。他的脖子上有個寬寬的古怪項圈，看起來是銅製的。接著，我們就離開了。

「醫生還沒回來，」馬修說，「不然柵門不會上鎖。」

「你給那隻狗的紙袋裡裝了什麼東西啊？」我問。

「噢，那些是糧食，」馬修說，「給動物吃的。醫生的家裡都是動物，當醫生不在的時候，我就把東西交給那隻狗，狗會帶去給其他動物。」

「他脖子上那個奇怪的項圈又是什麼呢？」

「那可是純金的狗項圈喔，」馬修說，「很久以前，他和醫生一起出海時得到的，他救了一個人的性命。」

「醫生養他多久了呢？」我問。

「很久了喔，吉卜已經很老了，所以醫生不再帶他出海，讓他留下來顧家。每個星期一和星期四我都會帶食物過去，送到柵門邊給吉卜。醫生不在家的時候，他都不讓別人進入庭院，就連我也不行——雖然他跟我很熟。不過你一定看得出來醫生在不在家，若他在，柵門一定會打開。」

於是我回到家裡，把松鼠放進裝滿乾草的舊木盒，讓他休息。我就這樣養著他，盡力照顧他，直到醫生回來。每天，我都會去小鎮邊緣那間有著大庭院的小屋，看看柵門有沒有上鎖。有時候，吉卜會到柵門邊看我，雖然他總是搖著尾巴，一副很開心見到我的樣子，但是他從來沒有讓我進入庭院。

3 不可思議的杜立德醫生

接近四月底時，某個星期一下午，爸爸要我拿補好的鞋子到小鎮另一頭的一戶人家去。這雙鞋是貝洛上校的，他是個非常挑剔的人。

我找到那間房子，敲響門鈴。上校打開門，探出紅紅的臉說：「去走工匠的門，繞到後門去。」接著就大力把門關上。

我很想把鞋子丟進花圃，但爸爸應該會生氣，所以我沒有這麼做。我繞到後門，等在那兒的上校夫人將鞋子接了過去。她看起來很膽怯，也因為正在做麵包，手上沾滿了麵粉。她似乎很害怕她的先生，我聽見上校在家裡踱步，因為我跑到前門而憤怒的發牢騷。夫人小聲問我，要不要進去吃點麵包和牛奶，於是我說：「好，謝謝。」

吃完麵包和牛奶後，我向上校夫人道謝，接著就離開了。這時，我想起可以在回家之前去看杜立德醫生回來了沒有，雖然那天早上我已經去過了，但我還是想去看看。松鼠一直沒有好轉，讓我開始擔心了。

於是我轉進奧森索路，往醫生家走去。途中，我發現天上的雲愈聚愈多，似乎會下雨。

我來到柵門前，發現門還是鎖著，覺得非常沮喪。我每天都來報到，已經一個星期了。那隻叫吉卜的小狗來到門邊，像平常那樣搖著尾巴，接著就坐下來仔細觀察進不了門的我。

我開始擔心醫生回來之前松鼠就會死掉，於是難過的轉身，走下台階踏上馬路，準備回家。

我想著晚餐時間是不是到了，我當然沒有手錶，但我看見有位先生正朝我走過來。等他靠近時，我發現是貝洛上校在散步。他穿著好看的長大衣和圍巾，戴著淺色的手套。那天並沒有很冷，但是他穿了好多衣服，看起來就像裹著毛毯的枕頭。我問他能不能告訴我現在幾點。

上校停下腳步，咕噥了一下並低頭怒視著我——他的臉更紅了，而且說話的聲音就像快要從薑汁啤酒瓶裡噴出的軟木塞。

「你是不是覺得，」他氣急敗壞的說，「我會為了告訴像你這樣的小孩現在幾點，而解開大衣釦子啊？」說完，他就氣沖沖的往前走，步伐踩得更用力。

我站在那裡，望著他的背影一陣子，思考究竟要長大到幾歲，才會讓他願意拿出錶來看。突然之間，大雨傾瀉而下。

我從沒見過這麼大的雨，天色暗了下來，幾乎成了夜晚的樣子。風開始變大，雷聲隆隆，閃電接著出現，路上的排水溝一下子就像河流般出現滾滾的水流。附近沒有地方能躲雨，於是我把頭壓低，頂著強勁的風跑回家。

沒跑多遠，我就一頭撞上了軟軟的東西，瞬間跌坐在人行道上。我抬頭察看自己撞到了誰，發現有一個矮胖的男人跟我一樣坐在溼溼的人行道上。他的面容非常親切，戴著破舊的高帽子，手裡拿著一個黑色的小包包。

「非常抱歉，」我說，「我低著頭，沒看見你走過來。」

令我驚訝的是，那位矮小的男人不但沒有生氣，還笑了起來。

「你倒是讓我想起一件事，」他說，「有次，我在印度冒著雷雨奔跑，結果撞到了一位頭頂糖蜜壺的女人。後來那幾個星期，我的頭髮上都是糖蜜，走到哪裡都有蒼蠅跟著。你沒有受傷吧？」

「沒有，」我說，「我沒事。」

「我跟你都有錯，」矮小的男人說，「我也低著頭……不過我們不能坐在這裡說話，你一定淋溼了，因為我就淋溼了。你要去的地方有多遠呢？」

「我家在小鎮的另一邊，」我說，這時我們站了起來。

「天哪，地上的水還真多！」他說，「我敢說雨還會愈下愈大，到我家弄乾衣服吧，這種暴風雨不會下太久的。」

他牽起我的手，我們便一起往回跑。我開始好奇這個有趣的矮小男人是誰，又住在哪裡。我對他來說是個陌生人，他卻要帶我回家把衣服弄乾，而那位生氣的老上校才剛拒絕告訴我現在幾點鐘，這個轉變真大啊！沒多久，我們就停下腳步。

「到了。」他說。

我抬頭查看這個地方，發現自己回到了杜立德醫生家的台階底下，上面就是有著大庭院的小屋！這位新朋友已經跑上台階，正用口袋裡的鑰匙打開柵門。

「該不會，」我心想，「他就是那位偉大的杜立德醫生吧！」

聽聞了這麼多有關杜立德醫生的事蹟之後，我預想他會是一個又高又壯、令人讚嘆的人物，很難相信這個面帶親切笑容、有趣的矮小男人竟然會是他。不過，他真的就在我面前，跑上台階打開我望了這麼多天的柵門！

那隻叫吉卜的小狗跑了出來，開始往他身上跳，開心的吠著。這時雨下得更大了。

「你是杜立德醫生嗎？」我大聲說，並且跟著他走在通往屋子的庭院小徑上。

「是啊，我是杜立德醫生。」他說，接著用同一串鑰匙打開家門，「進去吧！別費心擦腳了，那些泥巴沒關係，就踩進去吧，快進去躲雨！」

我進到屋裡，醫生和吉卜跟了進來，接著把門關上。

外頭因為暴風雨變得十分黑暗，而在屋裡，關上門後就黑得像夜晚一樣。接著，屋裡響起了我這輩子聽過最驚人的聲響，好像有很多不同的動物和鳥類同時發出各種叫聲，我聽見有個東西發出沉重的腳步聲慢慢下樓，然後在走廊上奔跑。有隻鴨子在黑暗中呱呱叫，有烏鴉在叫、鴿子咕咕叫，貓頭鷹也發出嗚嗚聲；羊在咩咩叫，吉卜也在叫。我感覺有鳥兒在臉旁振翅，拍動氣流，還有東西不斷撞我的腿，我差點為此生起氣來。整個玄關似乎擠滿了動物，動物的聲音加上暴雨的聲音簡直驚天動地。就在我開始覺得有點害怕的時候，我感覺到醫生抓住了我的手臂，在我的耳邊大喊：

「別驚慌，別嚇著了，這些只是我的寵物。我離開了三個月，他們見到我回家很開心。站好等我點蠟燭，天哪，這場雨真大啊！聽聽那雷聲！」

於是，我站在伸手不見五指的黑暗之中，那些看不見的動物都在旁邊推擠吵鬧，這種感覺既奇怪又好笑。我之前常常在柵門前觀望，好奇杜立德醫生是什麼樣子，這間有趣的小屋裡面又有些什麼，但是我完全沒有想到會是這個模樣。不過，不知道為什麼，當杜立德醫生抓住我的手臂後，我就不害怕了，只是覺得不解。這一切就像一場古怪的夢，我也開始好奇自己是不是真的醒著。這時，杜立德醫生又說話了：

「我的火柴溼掉了，點不著，你有火柴嗎？」

「沒有。」我大聲回答他。

「沒關係，」他說，「也許達達可以幫我們弄根蠟燭。」

接著，杜立德醫生用舌頭發出有趣的喀啦聲，我聽見有個東西踩著沉重的腳步緩緩上樓，在樓上到處移動。

我們就這樣等了好一陣子。

「還要等很久嗎？」我問，「有隻動物坐在我的腳上，我的腳趾快要麻了。」

「不會，很快就好，」醫生說，「她很快就會回來。」

就在這個時候，我看見樓梯邊有一絲微光，所有動物立刻安靜了下來。

「我以為你一個人住。」我對醫生說。

「是啊，」他說，「拿蠟燭的是達達。」

我往樓上看，想知道那是誰，但是我看不見二樓，只聽見樓梯傳來十分奇怪的腳步聲，彷彿有人只用一條腿，一階一階的跳下來。

光線往下移動並且愈來愈亮，牆上也開始有奇怪影子在跳動。

「啊——終於！」醫生說，「達達真棒！」

我覺得我一定是在做夢，因為有隻潔白無瑕的鴨子，在樓梯轉彎處伸長了脖子，單腳跳下樓梯，右腳竟然抓著一枝點燃的蠟燭！

✦她的右腳竟然抓著一枝點燃的蠟燭！

4 奇特的海中生物乒乓

總算能看見四周了，我這才發現玄關真的擠滿了動物。在我看來，鄉村能見到的動物幾乎都在這裡，有鴿子、白老鼠、貓頭鷹、獾、寒鴉，甚至還有一隻小豬——他剛從下著雨的庭院走進來，並仔細的在門墊上擦乾淨四隻腳，溼潤的粉紅色背脊被燭光映得閃亮。

杜立德醫生從鴨子腳掌中接過燭臺，轉過來看我。

「聽我說，」他說，「你必須換掉溼衣服……對了，你叫什麼名字？」

「湯米・斯達賓。」我說。

「噢，你是鞋匠，雅各・斯達賓的兒子嗎？」

「是的。」我說。

「你爸爸是一位出色的鞋匠，」醫生說，「看見這個了嗎？」他舉起右腳讓我看那雙巨大的靴子，「你爸爸四年前為我做了這雙靴子，從那以後，我就一直穿著它，這雙靴子真是太棒了！好了，聽我說，湯米，你必須換掉溼衣服，而且動作要快。我先來多點一些蠟燭，然後上樓去找乾衣服。在廚房的爐火烤乾你的衣服之前，你得先穿我的舊衣服。」

房子各處很快就點上了更多的蠟燭。我們上樓，進入臥室後，杜立德醫生打開了大衣櫃，拿出兩套舊衣服讓我們換上。接著，我們把溼衣服拿到廚房，再到煙囪底下生起爐火。杜立德醫生的大衣對我來說實在太大了，所以我到地窖幫忙搬木柴時，一直踩到後方的衣襬。但是我們很快就燃起一團衝上煙囪的大火，並把溼衣服掛在旁邊的椅子上。

「來煮晚餐吧，」醫生說，「你應該會和我一起吃晚餐吧，湯米？」

我已經開始喜愛這位叫我「湯米」而不是「小湯」或「小傢伙」的有趣男人了（我真的很討厭被叫做「小傢伙」）。這個男人立刻就把我當作大人對待，他邀請我留下來一起吃晚餐讓我覺得很驕傲也很高興。但是，我突然想起還沒有告訴媽媽我會晚點回家，所以我非常難過的回答：「非常謝謝你，我很想留下來。但要是沒有回去，我怕媽媽會擔心，她會想知道我在哪裡。」

「噢，但是親愛的湯米啊，」杜立德醫生說，一邊扔一塊木柴到爐火裡，「你的衣服還沒乾呢，總得等它們乾吧？到時候我們已經煮好晚餐，也吃完了。你有看到我的皮包嗎？」

「應該還在玄關那裡，」我說，「我去看看。」

我在門口找到了醫生的皮包，它是黑色皮革製成的，看起來非常非常的舊。皮包的一個彈簧釦壞了，所以從中間用一條繩子固定住。

「謝謝。」我將皮包遞給他時，杜立德醫生說。

「這就是你旅行時帶的所有行李嗎？」我問。

「是啊，」醫生說，一邊解開那條繩子，「我覺得不需要帶很多行李，太麻煩了，人生短暫，別為這種事情操心。而且你知道，它們也不是真正必要的東西……我把臘腸放哪裡去了？」

醫生在皮包裡摸索，先拿出一條新鮮麵包，再拿出一個有著奇特金屬蓋的玻璃罐。他小心翼翼的對著光線檢查，然後才放到桌子上，我看見裡面有奇怪的小小水中生物在游動。最後，杜立德醫生拿出了一磅*重的臘腸。

「現在，」他說，「我們還需要一個煎鍋。」

我們走進洗碗間，一些鍋碗瓢盆掛在牆上。醫生取下有許多鏽斑的煎鍋。

「天哪，你看看！」他說，「這就是離家太久的壞處，動物們都非常好，會盡量保持房子清潔，達達也是完美的管家奇才，不過有些事情他們當然做不到。沒關係，我們很快就會把它清理乾淨。水槽底下有一些清潔粉，可以拿給我嗎，湯米？」

沒過多久，我們就把鍋子擦得亮晶晶，臘腸也放在廚房的爐火上，整間屋子都充滿了香噴噴的煎煮氣味。

醫生忙著下廚時，我去看了看在玻璃罐裡游來游去的有趣小生物。

「這是什麼動物啊？」我問。

「哦，那個啊，」醫生轉過身來說，「他是『乒乓』，完整的學名是*Hippocampus pippitopitus*，但是當地人都叫他『乒乓』——大概是因為他擺動尾巴游泳的樣子。我這次就是為了得到他而出航，畢竟我現在正忙著學習貝類的語言——我深深相信他們有自己的語言。我自己會說一點鯊魚語和海豚方言，但是我現在特別想學貝類的語言。」

「為什麼呢？」我問。

「因為有些貝類是我們所知最古老的動物，我們在岩石中發現了他們的殼，那些殼歷經了幾千年的時間，變成了石頭，所以我相信，如果能學會他們的語言，我應該就能了解很久很久以前的許多事情，你明白嗎？」

「但是其他動物不是也能告訴你嗎？」

「我不這麼認為，」醫生說，一邊用叉子戳了戳臘腸，「我之前在非洲認識的猴子確實跟我說了不少過去的事情，但他們的記憶只能追溯到大約一千年前。我很肯定，最古老的歷史只能從貝類口中得知，也只有他們才知道，因為活在遠古時期的其他生物大多都已經滅絕了。」

「那你學會任何一種貝類的語言了嗎？」我問。

「還沒有，我才剛開始學。我想找這種特殊的尖嘴魚是因為他有一半的貝類血統和一半的普通魚血統，我一路跑到地中海東部去尋找，不過我覺得他好像幫不上什麼忙。老實說，他的外表讓我有點失望，看起來不是很聰明，對吧？」

＊編注：英制計量單位，一磅大約四百五十三公克。

「是啊，看起來不太聰明。」我也同意。

「啊，」醫生說，「臘腸煎得剛剛好，來吧，盤子拿過來，我盛一些給你。」

接下來，我們就坐在餐桌前開始享用豐盛的一餐。

那是一間很棒的廚房，後來我在那裡用餐過很多次，我認為它比世界上最豪華的餐廳都還要好。它非常舒適、溫馨又溫暖，取用食物也很方便。你可以從爐火上取下熱騰騰的食物，放在桌上直接享用；也可以在壁爐圍柵旁一邊喝湯一邊注意麵包烘烤的狀況，這樣就不會燒焦；如果桌上忘了放鹽，你也不需要起身去另一個房間拿，只要把手伸到身後的櫥櫃，取下那個大木盒就可以了。再來是壁爐，你絕對沒有見過這麼大的壁爐，簡直就像廚房裡有另一間房間。即使有木柴在裡頭燃燒，你也能走進圍柵、坐在兩旁寬敞的座位上，在餐後烤栗子；你也可以聽著熱水壺燒開的聲音，或是講故事、在火光下看圖畫書。這間廚房真是了不起，就像杜立德醫生一樣，舒適、實用、友善又牢靠。

我們大口大口用餐時，門突然打開來，鴨子達達和小狗吉卜依序進入，身後的乾淨地磚上拖著床單和枕頭套。醫生看見我驚訝的表情，便解釋：「他們只是要幫我把床單晾在爐火邊而已，達達是不可多得的完美管家，她什麼事情都不會忘記。我妹妹曾經當過我的管家（真是可憐，親愛的莎拉！不知道她現在過得怎麼樣——我好多年沒見到她了），不過達達比她優秀多了。要再來一根臘腸嗎？」

杜立德醫生轉過身去，用奇怪的語言和手勢跟小狗和鴨子說了幾句話，他們好像都懂他的意思。
「你會說松鼠語嗎？」我問。
「會呀，那種語言非常簡單，」醫生說，「你也能輕鬆學會。為什麼這麼問呢？」
「因為我家有一隻受傷的松鼠，」我說，「我從一隻老鷹那裡救下了他，但他的雙腿受了重傷。如果可以的話，我很希望你可以看看他。我明天帶他過來好嗎？」
「如果他的腿傷得很重，我最好今晚就去看看。或許已經來不及做點什麼了，但我會跟你一起回家看他。」
於是，我們馬上摸摸爐火邊的衣服，發現衣服已經乾了。我到樓上的臥室換衣服，等我下樓時，杜立德醫生已經帶著裝滿藥品和紗布的黑色小皮包在等我了。
「走吧，」他說，「雨停了。」
外頭又亮了起來，夕陽將傍晚的天空染紅。烏鶇鳥在庭院裡鳴唱，我們打開柵門，走下台階來到馬路上。

5 鸚鵡波妮回來了！

「我覺得，你家是我去過最有趣的屋子，」我說，這時我們往鎮上走去，「明天我可以再來找你嗎？」

「當然可以，隨時歡迎，」杜立德醫生說，「我明天帶你參觀庭院和我的私人動物園。」

「噢，你有一座動物園？」我問。

「是啊，」他說，「這間房子對大型動物來說太小了，所以我把他們養在庭院的動物園裡。雖然種類不多，但還是很有趣。」

「能夠說各種動物的語言一定很棒，」我說，「我也學得會嗎？」

「那當然嘍，」醫生說，「要多練習，你必須非常有耐心。真希望能讓波妮教你一些基礎，一開始教我動物語言的就是她。」

「波妮是誰？」我問。

「波妮是我以前養的一隻西非鸚鵡，但是她現在不在我身邊了。」醫生悲傷的說。

「為什麼？她死了嗎？」

「噢，不是，」醫生說，「她還活著——希望如此。但是我們有一次到非洲時，她好像很高興能回到自己的家鄉，都喜極而泣了。所以當我要回來這裡的時候，就不忍心讓她離開那片陽光普照的土地，我讓她留在非洲——雖然她有說可以和我一起回來。啊！真想念她。我們離開的時候，她又哭了一次，但我覺得這麼做才是對的，她是我最好的朋友之一，她讓我有了學習動物語言的想法，並成為動物醫生。我很好奇，她在非洲是不是也很快樂，還有我能不能再見到她那有趣、年邁又嚴肅的臉龐。真懷念老波妮啊！她是一隻多麼特別的鳥啊——哎呀，哎呀！」

就在這個時候，我們聽見後方有奔跑的聲音，於是我們轉過身去，發現小狗吉卜正用最快的速度朝我們奔過來，好像很興奮的樣子。他一靠近我們，就開始用奇特的方式對杜立德醫生吠叫和哀鳴，接著醫生似乎也激動了起來，開始對小狗說話、做出奇怪的手勢。過了好一陣子，醫生總算轉過頭來，臉上洋溢著幸福的表情。

「波妮回來了！」杜立德醫生喊道，「你能想像嗎？吉卜說她剛回到家，我的天哪！我已經五年沒見到她了……恕我失陪一下。」

他轉過身去，似乎打算回家，但是鸚鵡波妮已經朝我們飛了過來。醫生拍起手來，就像獲得了新玩具的孩子。這時，路上成群的麻雀開始嘰嘰喳喳、振翅飛上圍牆，驚訝的看著這隻灰紅色的鸚鵡飛過英國的小路。

波妮飛了過來，直接停在醫生的肩膀上，接著就用我聽不懂的語言說了一大堆話。她似乎有很多話要說，醫生也很快就忘了我和松鼠，也忘了吉卜和其他事情。過了許久，鸚鵡總算問起了我。

「噢，抱歉啊，湯米！」醫生說，「我太專心聽老朋友說話了，該去看看你的松鼠了。波妮，這位是湯米．斯達賓。」

醫生肩上的鸚鵡嚴肅的對我點了點頭，接著讓我大吃一驚的是，她居然開口說英語：「你好嗎？我還記得你出生的那個晚上，那時是非常寒冷的冬天，你這個小寶寶長得真難看。」

「湯米很想學習動物語言，」醫生說，「我才剛跟他提起妳，還有妳教了我什麼，結果吉卜就跑過來告訴我們妳來了。」

「嗯，」鸚鵡轉過來對我說，「雖然是我讓醫生開始學習動物語言，不過要是他沒有先教我理解英語，我也沒辦法做到。很多鸚鵡能像人類一樣說話，但很少有鸚鵡能明白這些話的意思，他們說這些話是因為……嗯，因為他們覺得這樣很聰明，或是因為他們知道這樣做就會有餅乾吃。」

此時，我們已經轉了彎，朝我家的方向前進。吉卜跑在前面，波妮則是繼續停在醫生的肩膀上。這隻鳥不停的說，大多是有關非洲的事，不過出於禮貌，她改說英語了。

「邦波王子過得怎麼樣？」醫生問。

「噢，真高興你問起這件事，」波妮說，「我差點忘記告訴你，你猜得到嗎？邦波現在在英國呢！」

「在英國！不會吧！」醫生驚呼，「他來這裡做什麼？」

「國王把他送去一個地方學習……呃——紐津，應該是這樣叫吧。」

「紐津……紐津啊！」醫生咕噥著，「我沒聽過這個地方……哦，妳是指牛津。」

「對，就是那裡——牛津，」波妮說，「我就知道有牛。牛津，他就是去那裡。」

「哎呀，哎呀，」醫生喃喃的說，「愛美的邦波在牛津讀書……哎呀，哎呀！」

「邦波離開時，喬里金基國可說是天翻地覆啊。要來英國簡直把他嚇死了，他是那個國家第一個出國的人，還以為自己會被白種食人族之類的給吃掉。你也知道他們那些人——多麼無知啊！但是他父親強迫他來，說所有黑人國王都把兒子送到牛津，這是潮流，他必須去。邦波原本想帶他的六位妻子同行，但國王不允許，於是可憐的邦波就哭哭啼啼的離開了，宮殿裡的人也都在哭，你一定沒見過這麼喧鬧的場面。」

「他有沒有去尋找睡美人？」醫生問。

「哦，有啊，」波妮說，「你離開的第二天就去了，而且幸好他出發了，因為國王得知他幫助你逃跑的事，對此非常生氣。」

「那睡美人呢？他找到她了嗎？」

「邦波帶回一位他說是睡美人的人，我倒覺得那是一位患了白化症的黑人女子。她的頭髮是紅色的，而且你絕對沒見過像她那樣的大腳。但是邦波對她非常滿意，最後在盛大的慶典中娶了她，慶祝持續了七天。她成了邦波的大老婆，現在被稱為『加冕公主邦帕』。」

「告訴我，他還維持著白皮膚嗎？」

「只維持了大約三個月，」鸚鵡說，「在那之後，他的臉就漸漸變回原本的顏色。

這是好事啊，他穿泳衣的時候多引人注意呀，臉是白的，其他地方卻是黑的。」

「那奇奇過得怎麼樣呢？奇奇呀——」醫生對我解釋，「是我幾年前養的一隻猴子，我去非洲時也把他留在那裡了。」

「這個麼，」波妮皺起眉頭說，「奇奇過得沒有很開心，這幾年我見過他很多次，他非常想念你，還有這間房子和庭院。說來有趣，我自己也是。你還記得當初要回故鄉時我有多興奮吧？而且不管別人怎麼說，非洲的確是很棒的地方。總之，我以為我會過得非常好，但是不知道為什麼，幾個星期之後我好像就厭倦了，就是無法安穩的待下來。長話短說，我在某天晚上決定要回來找你，所以就去尋找奇奇，告訴他這件事。他說這完全不是我的問題，因為他也有同樣的感覺。跟你一起生活以後，非洲的生活實在太平靜了，他很想念你唸的動物故事，還有冬天時一起坐在爐火邊閒聊的時光。那裡的動物對我們都很好，但是那些親切的傢伙就是有點笨，奇奇也說他注意到了。不過，我想不是他們變笨了，而是我們比較不一樣。我離開的時候，可憐的老奇奇崩潰大哭，他說這種感覺就像唯一的朋友要離開他了——雖然他在那裡有好多好多親戚。他說我有翅膀，可以隨時飛過來，他不能跟我一起走，很不公平。我一點也不意外他會想辦法回來這裡，記住我說的這句話吧，奇奇是個聰明的傢伙啊！」

這時，我們終於來到我家，爸爸的店打烊了，百葉窗已經拉上，但是媽媽正站在門邊往街上看。

「晚安，斯達賓太太。」醫生說，「讓妳的兒子晚歸是我不好，我讓他留下來吃晚餐並等衣服晾乾，因為他全身都溼透了，我也一樣。我們在大雨裡撞到對方，我堅持要他到我家躲雨。」

「我正在擔心呢，」媽媽說，「謝謝你，先生，這麼細心的照顧他，還送他回家。」

「小事一樁，不足掛齒，不足掛齒啊，」醫生說，「我們也聊了很有意思的事情。」

「該怎麼稱呼你呢？」媽媽問，一邊盯著醫生肩膀上的灰鸚鵡。

「噢，我是約翰．杜立德。妳的先生應該記得我，他在四年前為我做了很棒的靴子，非常令人滿意。」醫生說，一邊心滿意足的低頭看看他的腳。

「醫生是來治療我的松鼠的，媽媽，」我說，「動物的事情，他什麼都懂。」

「喔，不，」醫生說，「我並不是什麼都懂，不可能的。」

「你真好心，還大老遠跑來照料他的寵物，」媽媽說，「小湯老是從樹林和原野帶奇怪的動物回家。」

「這樣啊？」醫生說，「說不定他有天會成為博物學家，誰知道呢？」

「你要進來嗎？」媽媽問，「家裡有點亂，因為我還在進行春季大掃除，不過客廳裡有舒服的爐火。」

「謝謝！」醫生說，「你們家很有特色呢！」

這位了不起的人仔細的在門墊上抹了抹他的大靴子，接著走進屋裡。

6 受傷的松鼠

進門後，我們發現爸爸正在爐火邊練習吹長笛。每天晚上工作結束後，他都會做這件事。

杜立德醫生馬上就和爸爸聊起長笛、短笛和低音管，爸爸也很快就說：

「你好像也會吹長笛，先生，要不要為我們演奏一曲？」

「這個麼，」醫生說，「我很久沒碰樂器了，但我願意試試，可以嗎？」

於是，醫生接過爸爸的長笛，開始一首又一首的吹，好聽極了。爸爸跟媽媽就像雕像般動也不動的坐著、盯著天花板，彷彿這裡是莊嚴的教堂，就連對音樂毫無興趣的我（除了口琴）也有了悲傷、冰冷和雞皮疙瘩的感受，希望自己當個好小孩。

「噢，真是太美了！」媽媽在醫生長長的演奏結束時發出讚嘆。

「你真是個了不起的音樂家，先生，」爸爸說，「非常了不起，可以再演奏別的曲子嗎？」

「當然可以，」醫生說，「噢，但是我好像都忘了松鼠的事情。」

「我帶你去看，」我說，「他在樓上的房間裡。」

於是，我帶醫生到我位在頂樓的臥房，讓他看看乾草盒裡的松鼠。

雖然我很努力讓松鼠過得舒適，但他好像還是很怕我。醫生一進房間，他就立刻坐起來，發出吱吱聲。醫生將松鼠抓起來檢查他的腿，同時也用一樣的方式對他發出吱吱聲，松鼠顯得非常高興，並不害怕。

我拿著蠟燭，醫生將松鼠的腿固定在一個叫作「夾板」的東西上，那是他用火柴和小摺刀製作的。

「我想他的腿很快就會好轉了，」醫生關上他的皮包說，「至少兩週的時間別讓他跑動，不過要讓他待在戶外，夜晚冷的話就用乾樹葉覆蓋他。他說他在這裡很寂寞，只有他自己一個，也不知道他的太太和孩子過得如何。我向他保證你是個值得信任的人，我會請我家庭院裡的松鼠去探聽他家人的狀況，轉告他的事情。一定要想辦法讓他保持愉悅的心情，松鼠天生就是非常活潑快樂的動物，要他們躺著、什麼事情都不做是很難受的，不過你不用擔心，他不會有事。」

接著，我們就回到客廳，爸爸跟媽媽又讓醫生吹奏長笛，一直到十點以後。

雖然爸爸媽媽一見到醫生就很喜歡他，也對杜立德醫生來我們家吹奏長笛感到很光榮（因為我們實在非常貧窮），但他們當時並不知道醫生會成為多麼了不起的人物。現在，全世界的人都聽聞過杜立德醫生以及他的書，但是如果你到我爸爸在沼澤窪鎮開的那間製鞋小屋，走進樣式老舊的門裡，你就會看見牆上有塊石頭，上面寫著：約翰．杜立德，著名的博物學家，於一八三九年在這間屋子演奏長笛。

我經常回想很久很久以前的那個夜晚，只要閉上眼睛、努力回憶，就能見到客廳當時的樣子：有個穿著燕尾服的有趣矮小男子，他的臉龐又圓又友善，在爐火前吹著長笛。他的一邊是我的媽媽，一邊是我的爸爸，他們閉著眼睛、屏息聆聽。我和吉卜蹲在他的腳邊望著煤炭，波妮則站在醫生破舊高帽旁邊的壁爐檯上，神情凝肅的隨著音樂把頭搖來晃去。這些過往歷歷在目，彷彿就在我眼前。

接著，我還記得我們在門前送走醫生，之後還回到客廳談論他直到深夜，就連我去睡覺之後（在那之前，我從來沒有這麼晚睡過）都夢見他和一群聰明又古怪的動物組成樂團，一整晚都在演奏長笛、小提琴和鼓。

7 貝類的語言

雖然前一天晚上很晚才睡覺，但是隔天早上我還是起得非常早。麻雀才剛開始在閣樓窗外的屋頂石板上啾啾叫，我就跳下床匆匆穿好衣服。

我等不及要回到那間有著大庭院的小屋了，我要去見杜立德醫生和參觀他的私人動物園。這是我這輩子第一次忘記吃早餐，我躡手躡腳的下樓以免吵醒爸媽，接著打開家門，來到空無一人的寂靜街道上。

我來到醫生家的柵門前，突然覺得這時候來拜訪可能太早了，也開始猜想醫生起床了沒有。我往庭院裡望去，似乎一個人也沒有，於是悄悄打開柵門走進去。

就在我左轉準備踏上樹籬之間的小徑時，我聽見一個離我很近的聲音說：

「早安，你來得真早啊！」

我轉過身去，停在水蠟樹園籬上的，正是灰鸚鵡波妮。

「早安，」我說，「我也覺得我來得很早，醫生是不是還在睡覺？」

「喔，不，」波妮說，「他一個半小時前就起床了，現在在屋子裡。前門沒關，推開就可以進去了。他不是在廚房準備早餐，就是在書房裡忙。直接進去吧，我要等日出，不過我想大概是看不到了，這裡的天氣真糟，要是在非洲，這時候一定光芒萬丈。

光是看甘藍菜被霧氣籠罩的樣子，就快讓人得風溼病了，糟糕的天氣啊，太糟了！我真不懂，除了青蛙以外，怎麼會有人想待在英國。別被我耽擱了，去找醫生吧。」

「謝謝妳，」我說，「我現在就去找他。」

一打開門，我就聞到煎培根的香氣，於是我走向廚房，發現爐火上有個大水壺正在沸騰，爐火邊的盤子裝著培根和蛋，培根好像都被熱氣給烘乾了，所以我把盤子從爐火邊移開，繼續在屋子裡尋找醫生。

最後，我在書房裡找到了他。當時我並不知道那裡叫做書房，不過那確實是一間很有趣的房間，裡面有望遠鏡、顯微鏡和各式各樣我不認識但想要認識的怪東西。牆上掛有動物、魚，和奇怪植物的畫像，玻璃盒裡有很多種鳥蛋和貝殼。

醫生穿著睡袍站在大桌子前面，一開始我以為他在洗臉，因為他面前有一個裝滿水的方形玻璃箱，他把一隻耳朵泡進水裡，並用左手摀住另一隻耳朵。我走進去時，他站直了身體。

「早安，湯米，」他說，「今天會是很棒的一天，你說對吧？我在聽乒乓說話，但是他非常令人失望——非常失望。」

「為什麼呢？」我說，「他不是會說話嗎？」

「是的，」醫生說，「他會說話，但是這種語言非常貧乏，只有幾個字而已，例如『是』和『不是』，『熱』和『冷』，他只會說這些，真令人失望。他確實有兩種魚類家族的血緣，我還以為他能幫上大忙呢，哎呀，哎呀！」

「我想，」我說，「如果他的語言只有兩三個字，這表示他懂得不多？」

「是啊，我想是這樣沒錯。他的生活大概就是這樣吧，現在這些乒乓非常稀少——稀少又離群索居，他們都在大海最深的地方自己游來游去，總是獨自生活，所以大概真的不太需要說話。」

「也許大一點的貝類說的話會多一點，」我說，「畢竟他真的很小，不是嗎？」

「沒錯，」醫生說，「這倒是真的，我相信一定有能言善道的貝類。但是那些大型貝類非常難抓——我是指最大的，只有深海才有的。而且他們不太游動，大部分的時候只會在海底爬行，所以很少被捕進網裡。真希望我能去海底，這樣就能學到很多東西。我們都忘記早餐了，你吃過了嗎，湯米？」

我跟醫生說，我根本忘記要吃早餐，他便立刻帶我去廚房。

「是啊，」他說，一邊把水壺裡的熱水倒進茶壺，「如果可以去海底並在那裡住上一段時間，肯定會有了不起的發現——發現一些人們從未想像過的事情。」

「但有些人真的會去海底吧？」我問，「像是潛水夫之類的？」

「哦，那當然，」醫生說，「潛水夫會下去，我自己也穿著潛水衣下去過。不過……唉！他們只去淺海，無法到達真的很深的海域，我想下潛到很深很深的海底，好幾公里深，我敢說有天一定辦得到。我再幫你倒一杯茶吧。」

8 動物語言與敏銳的觀察力

就在此時，波妮來到廚房用鳥語對醫生說了一些話，我當然聽不懂，但是醫生立刻放下刀叉，走了出去。

「真是亂來，」醫生一關門，鸚鵡便說，「他一回到這裡，鄉下的動物們就知道了，數公里內所有病貓和長癬的兔子都來找他看病。現在就有一隻胖野兔帶著叫聲淒厲的寶寶等在後門外，說能不能讓她見醫生。拜託！她覺得孩子要抽筋了，我猜那個小蠢蛋應該又吃到顛茄*了吧，動物有時真不體貼，尤其是那些母獸。他們會打擾醫生吃飯，在夜裡把他叫醒，真不知道他怎麼受得了，我真的無法理解。這個可憐的傢伙一點都不得安寧！我跟他說過好多次，要讓動物們在特定的時間過來，但他就是這麼好心、這麼為他們著想，從不拒絕生病的動物，他說有緊急狀況一定要立刻處理。」

「為什麼他們不去找其他醫生呢？」我問。

「噢，拜託！」鸚鵡驚呼，輕蔑的把頭一揚，「因為沒有別的動物醫生啊，那些都不是真正的醫生。當然有獸醫，但是老天保佑，他們一點都不厲害，因為他們不懂動物的語言，找他們怎麼會有用呢？想像一下，你或爸爸去找一位完全聽不懂你在說什麼的醫生看病，他也沒辦法用你的語言告訴你該怎麼做才能康復，還是算了吧，那些獸醫！

你根本不知道他們有這麼笨！把醫生的培根放到爐火邊好嗎？幫他保溫，等他回來。」

「妳覺得，我能學會動物的語言嗎？」我問，一邊把盤子放到爐火邊。

「這個麼，不一定，」波妮說，「你在學校還算聰明嗎？」

「我不知道，」我羞愧的回答，「因為我沒上過學，爸爸沒有錢讓我去學校。」

「這個麼，」鸚鵡說，「以我對那些學生的觀察，我不認為你有什麼損失。不過，你的觀察力如何呢？你善於觀察嗎？舉例來說，假設你在蘋果樹上看見兩隻八哥鳥，而且只看了他們一眼，要是你隔天又見到他們，你能分辨他們嗎？」

「不知道，」我說，「我沒試過。」

「這個呢，」波妮說，一邊用左腳撥去桌角的麵包屑，「就是所謂的『觀察力』，要留意鳥兒和動物身上的小細節，包括他們走路、擺動頭部、拍動翅膀的方式，還有他們嗅氣味、抽動鬍鬚和搖尾巴的方式。想要學習動物的語言，就必須留意這些小細節，因為很多動物幾乎都不用嘴巴說話，而是用呼吸、尾巴和腿來表達，因為以前當老虎和獅子的數量還很多時，動物都不敢發出聲音，以免被這些猛獸聽見。鳥類就無所謂了，因為有翅膀可以飛。不過你要記住的第一件事，就是：培養敏銳的觀察力對學習動物語言是非常重要的。」

＊編注：多年生草本植物，具有毒性，可以在低海拔的路旁、田邊看見。

「聽起來很困難。」我說。

「你必須很有耐心，」波妮說，「就算只是學會說幾個字，也要花上很長的時間，如果你能常常來，我可以親自為你上一些課。一旦開始學習，你就會對自己進步的速度感到驚訝。你能學習是一件好事，這樣你就可以幫醫生做事了——我是指簡單的事情，例如包紮和給藥。對，對，這真是個好主意，要是那個可憐的傢伙能有個幫手、能多休息一點就好了，他做事情的方式實在不太好，我認為你一定能幫他很多——如果你真的對動物有興趣的話。」

「噢，要是能這樣就太好了！」我高呼，「妳覺得醫生會同意嗎？」

「當然會，」波妮說，「等你學會一些治療方法，我就親自跟他談談……噓！他來了，快，把他的培根放回桌上。」

✈ 波妮說：「培養敏銳的觀察力是非常重要的。」

9 夢幻庭院

用完早餐後，杜立德醫生便帶我去參觀庭院。如果說醫生的屋子能用有趣來形容的話，那庭院更是有趣一百倍。這是我見過最讓人心情愉悅的庭院，也是最棒的庭院，一開始你都不知道它有這麼大，好像永遠也逛不完。就在你好不容易覺得每個地方都看過了之後，當你往圍籬一望，或是轉個彎、往階梯上看，卻又有出乎意料的發現。

那裡什麼都有，會出現在庭院裡的東西應有盡有。那裡有寬廣的草皮和長了青苔的石雕椅，草皮上有柳樹的垂枝，羽毛般輕柔的枝條尖端隨風擺動，拂過絲絨般的草地。修剪過的紫杉樹籬高高的豎立在老舊的石板小徑兩側，讓小徑看起來像舊城鎮的狹窄街道。樹籬間有通道，穿過之後就會見到被修剪過的樹木呈半月形，也有花瓶和孔雀的形狀。那裡有一座可愛的大理石魚池，裡面有金色的鯉魚、藍色的睡蓮和綠色的大青蛙。廚房側院旁邊那道高聳的磚牆上，滿是粉紅色和黃色的桃子在陽光下逐漸成熟。那裡還有一棵很棒的大橡樹，中空的樹幹大得能讓四個人躲進裡面。庭院裡也有好幾座涼亭，有的是木造的，有的是石頭做的，其中一座還放滿了書本。庭院一角，石頭和蕨類中間有一個戶外火爐，是醫生臨時想到戶外用餐時煎培根和肝臟用的。那裡還有一張沙發，當夜鶯在溫暖的夏夜裡賣力歌唱時，也許醫生就會睡在上面。那張沙發有輪子，可以移動到任何一棵有夜鶯的樹下。但是最讓我驚豔的是小樹屋，它位在一棵大榆樹高高的枝頭上，還繫了一道長長的繩梯。醫生告訴我，他以前會在那裡用望遠鏡看月亮和星星。

那是一座你可以漫步其中、每日不斷探索的庭院，你會有新奇的發現，也會在看見同樣的景象時感到欣喜。第一次見到醫生的庭院，我就被迷住了，我很想住在那裡、永遠住在那裡，一步都不會踏出庭院，因為圍牆內具備了能讓你感到幸福的一切，讓日子因而愉悅，心情也因而寧靜，這真是一座夢幻庭院。

一進入庭院，我就注意到一件奇特的事情，那就是有很多小鳥。每棵樹上似乎都有兩、三個鳥巢，還有很多動物也都把這裡當成自己的家。鼬、陸龜和睡鼠在這裡很常見，而且一點都不怕人；各種顏色和大小的蟾蜍在草皮上跳著，彷彿那是他們的地盤；綠色的蜥蜴（在沼澤窪鎮非常罕見）在石頭上立起身子晒太陽，還對我們眨眼，就連蛇也會出現在這裡。

「不用怕他們，」醫生說，有一條黑色的大蛇就在我們面前擺動身體、橫越小徑，當他發現我時還大吃了一驚，「他們沒有毒，而且會捕捉很多對庭院有害的動物。我有時候會在晚上為他們吹長笛，他們都很喜歡，還會用尾巴挺起身體，興奮得不得了，他們對音樂的品味還真有意思。」

「為什麼動物都會來這裡住呢？」我問，「我從沒見過庭院裡有這麼多動物。」

「大概是因為他們能吃到喜歡吃的食物吧，這裡也沒有人會打擾他們或讓他們擔憂。當然還有一個原因，就是他們認識我，要是他們自己或他們的孩子生病了，住在醫生家的庭院裡應該很方便吧……你看！有看見日晷上的那隻麻雀嗎？他正在罵下面那隻黑鳥呢！他每年夏天都會來這裡，已經好幾年了，他來自倫敦，我們鄉下地方的麻雀總愛嘲笑他，說他的叫聲有東倫敦的口音。他是一隻很好玩的鳥，非常勇敢但也很厚臉皮。他最喜歡的就是吵架，但是最後都愈吵愈無禮。他是貨真價實的城市鳥，住在倫敦的聖保羅大教堂附近，我們都叫他『奇普賽街的傢伙』。」

「這些鳥都住在附近嗎？」我問。

「大部分是，」醫生說，「但是有少數幾隻每年都會來找我，他們平常待在離英國很遠的地方，像是那隻盤旋在金魚藻上面的帥氣小傢伙，他是來自非洲的紅玉喉蜂鳥。嚴格來說，他完全不適合這裡的氣候，太冷了，所以晚上我都讓他睡在廚房。每年八月，大概是八月的最後一週，有一隻紫色的天堂鳥會從巴西來看我，她非常引人注目，現在當然還沒到來。還有幾隻外地的鳥，幾乎也都來自熱帶，他們會在夏天時過來看看。來吧，我帶你去看動物園。」

10 杜立德醫生的動物園

我以為庭院裡的東西我都見過了，但是杜立德醫生拉著我的手，沿著一條狹窄小徑走去。順著小徑繞來繞去，並且轉了幾個彎後，我們看見一扇嵌在高高石牆裡的小門，杜立德醫生把門推開。

門後竟然是另一座庭院，我以為會看到關著動物的籠子，但是這裡一個籠子都沒有，而且到處都是石頭造的小屋子，每間屋子都有一扇窗戶和一道門。當我們踏進這座庭院時，很多門都打開了，動物都跑出來迎接我們，顯然是想吃東西。

「這些門都不上鎖嗎？」我問杜立德醫生。

「哦，有的，」醫生說，「每一道門都有鎖，但是在我的動物園裡，門是從裡面打開的，而不是從外面。要是他們不想被其他動物打擾，或是想遠離來到這裡的人，動物就可以把自己鎖在房子裡。這座動物園裡的每一隻動物，都是因為喜歡這裡而住下來的，不是被迫的。」

「他們看起來很快樂也很乾淨，」我說，「可以告訴我他們是什麼動物嗎？」

「當然可以。那個背上長著鱗片，在磚頭堆下聞東聞西的滑稽動物是一隻南美洲的犰狳，跟他說話的小傢伙是一隻來自加拿大的土撥鼠，他們都住在那道牆底下的洞裡。

在池塘裡做古怪動作的那兩隻小野獸，是一對俄羅斯水貂——剛好提醒了我，我必須中午前去鎮上買些鯡魚給他們，今天店家會提早打烊。剛走出屋子的那隻動物是南美洲的小型羚羊。我們現在去灌木叢的另一邊吧，我帶你看更多動物。」

「那邊的動物是鹿嗎？」我問。

「鹿？」杜立德醫生問，「你說的是哪裡？」

「在那邊，」我一邊說，一邊指著，「他們正在啃食花圃邊緣的草，有兩隻呢。」

「哦，那個啊，」杜立德醫生微笑著說，「那不是兩隻動物，是一隻有兩顆頭的動物，他是世界上唯一的雙頭動物喔，叫做『雙頭羊駝』，是我從非洲帶回來的。他非常溫馴，在我的動物園裡擔任夜間守衛。他一次只會有一顆頭在睡覺——非常方便，另一顆頭整夜都會醒著。」

「你這裡有獅子或老虎嗎？」我問，這時我們繼續前進。

「沒有，」杜立德醫生說，「不可能把他們養在這裡，就算可以，我也不會這麼做。湯米，如果我能做到，就不會讓任何一隻獅子或老虎被束縛，他們不會喜歡的，也不會快樂，他們不是會定下來的動物，會一直惦記著與他們離別的遼闊國土。從他們的眼神裡，可以看見他們的夢想——那遼闊的出生地、深邃黑暗的叢林，母親最初就是在那裡教他們追蹤氣味和捕捉鹿的，而他們拿這一切換得了什麼呢？」杜立德醫生停下腳步，紅著臉憤怒的問，「非洲日出的壯麗景象、黎明時在棕櫚葉間低語的微風、藤蔓交纏的綠影、沙漠中星光燦爛又涼爽的夜空、辛苦狩獵一天後瀑布嘩啦啦的水聲，他們拿這些換得了什麼？我問你，他們換得了什麼？不過是什麼都沒有的鐵籠子，每天塞一塊醜陋的死肉進去，還有一群張著嘴來看他們的蠢蛋！不，湯米，像獅子和老虎這種大型狩獵動物，永遠、永遠不該出現在動物園裡。」杜立德醫生變得非常嚴肅，甚至可以說是悲傷。但是突然間，他的情緒又變了，帶著一貫的歡樂笑容，拉著我的手臂，說：「我們還沒去看蝴蝶屋呢，還有水族館。來吧，蝴蝶屋是我引以為傲的地方。」

於是我們繼續前進，沒多久就來到一個用樹籬圍起來的地方。在這裡，我看到幾個用細鐵絲網做成的屋子，就像籠子一樣。鐵絲網裡面有各種美麗的花朵在陽光下生長，蝴蝶在上方翩翩飛舞。醫生指著其中一間屋子的盡頭，那裡有一排打了洞的小箱子。

「那些是孵化箱，」他說，「我把不同種類的毛毛蟲放在那裡，他們變成蝴蝶和飛蛾之後，就會飛出來到花園覓食。」

「蝴蝶有語言嗎？」我問。

「哦，我想有的，」杜立德醫生說，「甲蟲也有，不過我還沒學會多少昆蟲語言，我最近一直忙著學習貝類的語言，但是我還是打算學會昆蟲語言。」

這個時候，鸚鵡波妮來到我們身邊說：「醫生，後門有兩隻天竺鼠，說是從飼養他們的男孩那裡逃出來的，因為找不到合適的食物。他們想知道你願不願意收留他們。」

「好，」醫生說，「帶他們來動物園，讓他們住在左手邊靠近大門的房子——就是以前黑狐狸住的那間。告訴他們這裡的規矩，然後讓他們好好吃一頓。湯米，我們繼續走吧！去水族館，先帶你去看我的大型海水玻璃箱，那是我養貝類的地方。」

11 波妮老師的動物語言課

在那之後，我幾乎每天都去看我的新朋友。事實上，我幾乎每天都在他家待一整天，所以有一天晚上，媽媽還開玩笑的問我怎麼沒有把床搬過去，住進醫生家。

過了一陣子，我覺得自己已經能幫杜立德醫生很多忙了。我幫他餵寵物、幫忙建造動物園裡的新房屋和圍籬、協助來看病的動物、做各種雜事。我非常享受這一切（真的就像生活在全新的世界裡），而且我相信，如果我不這麼常來，醫生應該會想念我。

這段時間，無論我去哪裡波妮都會跟在旁邊，她教我鳥類的語言，並告訴我怎麼理解動物交流的方式。一開始，我以為我永遠學不會，因為看起來太難了，但是這隻老鸚鵡對我非常有耐心，雖然我偶爾看得出她正在努力忍住不發脾氣。

我很快就開始聽懂鳥兒的奇怪叫聲，並理解狗兒滑稽的說話方式。我會在上床後聆聽老鼠在牆壁後面發出的聲音、觀察屋頂上的貓和沼澤窪市集廣場上的鴿子。

日子過得很快，快樂的時光總是如此，天累積成了星期，星期又累積成月。不久，醫生庭院裡的玫瑰開始凋落，黃葉也散落在寬闊的綠色草皮上，夏天就要結束了。

有一天，我和波妮在圖書室說話，這是一個漂亮的長形房間，有一個華麗的壁爐檯，從天花板到地板都是擺滿了書的書架，有故事書、園藝書、醫學書、旅遊書，我都很喜歡，尤其是杜立德醫生那本收錄了世界各國的偉大地圖集。

這天下午，波妮讓我看一些動物的書，是杜立德醫生寫的。

「哇！」我說，「醫生有好多書喔——整個房間都是吔！天哪！真希望我看得懂！一定非常有趣。波妮，妳看得懂嗎？」

「只會一點點，」她說，「翻頁時要小心，別撕壞了。我真的沒有什麼時間讀書。那個字母是『k』，這個是『b』。」

「圖片下面這個字是什麼意思？」我問。

「讓我看看，」她說，接著就開始拼讀，「B-A-B-O-O-N——這個字是『狒狒』的意思。等你認識了字母，閱讀其實並沒有那麼難。」

「波妮，」我說，「我想問妳一件非常重要的事。」

「什麼事呢，孩子？」她說，一邊梳順右翼的羽毛。波妮常常用高高在上的方式跟我說話，但我並不介意，畢竟她也差不多有兩百歲了，而我只有十歲。

「媽媽覺得我太常來這裡吃飯不好……」我說，「所以我想問，如果我幫醫生做更多事情，是不是乾脆住到這裡好了？妳看，與其像一般園丁或工人那樣拿薪水，我寧願工作來換取睡覺的地方和餐點。妳覺得怎麼樣？」

「你是說，你想正式成為醫生的助手嗎？」

「對，就是妳說的助手，」我回，「妳也說過，妳覺得我可以幫忙。」

「嗯，」她想了一會兒，「我不覺得有什麼不可以，但是你長大後，真的想成為博物學家嗎？」

「對，」我說，「我已經下定決心了，我想成為博物學家，其他的都不想。」

「喔！那我們去跟醫生談談這件事吧，」波妮說，「他在隔壁的書房裡。開門時輕一點，他可能在工作，不想被打擾。」

我悄悄打開門，偷偷往裡面看。第一眼見到的，是一隻巨大的黑色獵犬，他坐在壁爐前的地毯中央，豎起耳朵聽杜立德醫生為他大聲讀信。

「醫生在做什麼？」我小聲的問波妮。

「哦，那隻狗收到了主人的來信，他把信帶來讓醫生讀給他聽，就這樣。他的主人是個有趣的小女孩，名叫米妮．杜利，住在小鎮的另一邊，長辮子垂在背上。她和哥哥去海邊過暑假了，這隻老獵犬因為孩子們不在而非常傷心，所以他們就寫信給他——用的當然是英文。老狗看不懂，就把信帶來這裡，醫生便翻譯成狗的語言給他聽。從那隻狗興奮的模樣來看，我想米妮一定是寫信說她要回來了。看看他的樣子！」

沒錯，那隻獵犬看起來非常開心。杜立德醫生讀完信之後，老狗便開始大聲吠叫、瘋狂搖著尾巴，並且在書房裡到處跳。他叼著信跑出房間，鼻子不斷用力噴氣，還自顧自的發出咕噥聲。

「他要去迎接馬車了，」波妮悄悄的說，「我還真無法理解那隻狗對孩子的愛。你該見見米妮，是個極度自負又輕浮的孩子，還會斜眼看人呢。」

12 我想成爲博物學家

不一會兒，杜立德醫生抬起頭，看到我們站在門口。

「噢，進來吧，湯米，」他說，「是不是要找我？進來坐吧。」

「醫生，」我說，「我長大後想成為博物學家，和你一樣。」

「哦，你真的這麼想啊？」醫生喃喃的說，「這樣啊！嗯——天哪！真的啊？哎呀，哎呀！你……你跟爸爸媽媽談過這件事了嗎？」

「還沒，」我說，「我想請你跟他們談，你來談會比較好。如果你願意的話，我想當你的幫手、你的助手。昨晚媽媽說，她覺得我太常來這裡吃飯不太好，我就想了很多。我們能不能安排一下，讓我工作來換取餐點，還有睡在這裡呢？」

「但是，親愛的湯米啊，」醫生笑著說，「我非常歡迎你三百六十五天都來這裡吃三餐，也很高興有你陪伴。而且，你已經做很多事情了，我常常覺得應該要付錢給你……不過，你覺得應該怎麼安排呢？」

「嗯，我想，」我說，「也許你可以見見我的爸爸媽媽，告訴他們，如果讓我住在這裡、努力工作，你就會教我讀書寫字。你也知道，媽媽非常希望我能學這些。而且，如果沒有學會這些，我也不可能成為真正的博物學家，對吧？」

「噢，這點我可不太確定，」醫生說，「我承認，能讀書寫字是很好的，但是你也知道博物學家都不相同，像是大家經常談論的那位年輕人，查爾斯．達爾文，他畢業於劍橋大學，讀寫能力都非常好。還有法國博物學家居維葉，他當過家庭教師。可是呢，最偉大的博物學家連自己的名字都不會寫，也不認得英文字母。」

「他是誰？」我問。

「是一個很神祕的人，」醫生說，「非常神祕，他的名字叫『長箭』，是『金箭』的兒子，也是一位印第安人。」

「你見過他嗎？」我問。

「沒有，」醫生說，「我沒有見過他，也沒有白人見過他，我想達爾文先生連他的存在都不知道。他幾乎都與動物和各個印第安部落為伍（通常會在祕魯的某個山區），也從來不會在一個地方停留太久，就像印第安浪人，不斷在部落間來去。」

「如果你沒有見過他，」我問，「怎麼知道這麼多有關他的事情呢？」

「那隻紫色天堂鳥，」醫生說，「她告訴我很多關於長箭的事情，她說，他是一位非凡的博物學家。她上次來這裡時，我請她幫我傳話，現在我在等她回來，我等不及要聽長箭的回覆了。現在已經快進入八月的最後一週了，希望她一路平安。」

「為什麼動物和鳥兒生病時會來找你呢？」我說，「如果他這麼厲害，為什麼他們不去找他？」

「可能是因為我的治療方式比較現代化吧，」醫生說，「但是從紫色天堂鳥告訴我的事情來看，長箭的自然史知識一定非常驚人。他的專長是植物學，也就是跟植物有關的各種東西，他也很了解鳥類和動物，對蜜蜂和甲蟲也非常在行。但是請你告訴我，湯米，你確定要成為一名博物學家嗎？」

「是的，」我說，「我已經下定決心了。」

「嗯，你知道，博物學家並不是一個賺錢的職業，完全不是。大部分優秀的博物學家根本賺不了錢，只會花錢買捕蟲網和放鳥蛋的盒子這類東西。我是在當了很多年的博物學家之後，才因為寫書而賺了一點錢。」

「我不在乎，」我說，「我想成為博物學家。下週四你願意和我爸爸媽媽一起吃晚餐嗎？我跟他們說，我會邀請你去，到時候你就可以跟他們談這件事。還有，如果我住在你家，也跟這間屋子和你的事業有點關係，那下次你去旅行時，我就能一起去吧？」

「哦，我明白了，」醫生笑著說，「你想跟我一起去旅行是嗎？啊哈！」

「每一趟旅行我都想一起去，如果有人幫你拿捕蟲網和筆記本，你也會比較輕鬆吧，不是嗎？」

杜立德醫生沉思許久，手指在桌上輕敲；我等待著，急迫的想知道他會說什麼。

最後他聳了聳肩並站起來。

「那麼，湯米，」他說，「下週四我就去和你的爸爸媽媽談談，然後……再看看吧，再看看。請代我向你的爸爸媽媽問好，並感謝他們的邀請，好嗎？」

於是，我像風一樣飛奔回家，告訴媽媽杜立德醫生答應要來了。

13 奇怪的旅人

隔天，吃完晚餐後我坐在庭院的圍牆上和達達聊天。我已經從波妮那裡學會了很多東西，可以和大部分的鳥兒和一些動物輕鬆交談。我發現達達是一隻非常友善、年邁，就像母親般慈愛的鳥——不過不像波妮那樣聰明有趣就是了。她已經擔任杜立德醫生的管家好幾年了。

如我所說，那天晚上我和這隻老鴨子坐在庭院圍牆上，俯瞰下方的奧森索路。我們看著被趕往沼澤窪市集的一群羊，達達則告訴我杜立德醫生在非洲的冒險故事——她很久以前和醫生一起去過那個地方。

突然間，遠方路上傳來奇怪的聲音——是從小鎮中心的方向傳來的，似乎有很多人在歡呼。我站在牆上，想看清楚是什麼東西。沒過多久，一大群孩子出現在轉彎處，他們跟著一位衣衫襤褸、看起來很奇怪的女士。

「到底是怎麼回事啊？」達達驚呼。

孩子們又叫又笑，他們跟著的那位女士的確非常奇特，她的手臂非常長，而且是我見過駝背最嚴重的人。她歪歪的戴著一頂用麗春花裝飾的草帽，裙子也太長了，裙襬就像長禮服那樣拖在地上。寬寬的帽簷遮住了她的眼睛，所以我看不清楚她的臉龐，但是當她漸漸走近，孩子們也愈笑愈大聲時，我發現她的手非常黑，而且有很多毛，就像巫婆的手。

身邊的達達突然大聲驚呼，把我嚇了一跳。

「哎呀，是奇奇！奇奇終於回來了！這些孩子竟敢取笑他！我要給那些淘氣的小傢伙一點顏色瞧瞧！」

於是她從牆頭飛到路上，朝那些孩子直衝過去，發出極為恐怖的叫聲，往他們的腳和腿啄去，孩子們便拚命跑回鎮上。

戴草帽的怪異身影站在那裡盯著那些孩子一會兒，然後疲憊的走向柵門。她連門閂都沒有打開就直接翻過柵門，彷彿那只是塊絆腳石。我注意到她用腳抓住欄杆，所以事實上她是用雙手雙腳在攀爬，但是我直到看見帽簷底下的那張臉，才確定那是一隻猴子。

站在柵門頂端的奇奇對我皺起眉頭，似乎以為我會像其他孩子一樣嘲笑他。接著他跳進庭院裡，立刻開始脫衣服。他把草帽撕成兩半、丟到路上，再脫掉上衣和裙子，狠狠的在上面踩跳，並且在前院裡踢來踢去。

沒多久，屋子裡便傳來尖叫聲，波妮飛了出來，杜立德醫生和吉卜也跟在後面。

「奇奇！奇奇！」鸚鵡大喊，「你終於來了！我一直跟醫生說你會有辦法，你是怎麼做到的？」

他們圍著他、握住他的四隻手腳，一邊笑一邊問他好多問題，接著一起回到屋裡。

✈奇奇回來了！

「快去我的臥室，湯米，」醫生轉身對我說，「寫字檯左手邊的小抽屜裡有一袋花生，我一直把它放在那裡，要是奇奇突然回來就能派上用場。等等，看達達有沒有在儲藏室裡留香蕉，奇奇說他已經兩個月沒吃香蕉了。」

等我下樓回到廚房時，大家都在專心聆聽那隻猴子從非洲回來的故事。

14 猴子奇奇的神奇旅行

自從波妮離開以後，奇奇似乎比往常還要想念杜立德醫生和沼澤窪鎮的小屋。最後他下定決心，無論如何都要跟上波妮的腳步。有一天，他走到海邊時，看見許多黑人和白人正登上開往英國的船。他也試著上船，但是被拒絕並被趕走了。接著他注意到有一個長像滑稽的家庭正在登船，當中的一個孩子讓奇奇想起了他曾經愛過的一位親戚，於是他自言自語的說：「那個女孩看起來就像一隻猴子，而我看起來也像個女孩，如果能找些衣服來穿，說不定就可以輕鬆混進這家人之中，一起上船，別人還會以為我是個女孩呢。好主意！」

於是他去了鄰近的小鎮，跳進一扇敞開的窗戶，發現椅子上有一件上衣和裙子——衣服的主人是一位時髦的黑人女士，她正在洗澡。奇奇穿上了衣服，接著回到海邊，混入人群之中，成功的偷偷登上大船。接下來，他覺得最好還是躲起來，以免被人盯著看，所以在船駛向英國的途中一直躲著，只有當晚上所有人都睡著時，才出來找食物。

當他抵達英國、準備下船時，水手終於發現他是一隻穿著女孩衣服的猴子。他們想把他留下來當寵物，但他設法溜走了，一上岸就潛入人群中逃之夭夭。只是他離沼澤窪鎮還有一段很遠的路程，必須橫越整個英國。

這段時間他過得非常艱苦，每當他穿越小鎮，孩子都會成群的追在他後面大笑，還經常有愚蠢的人想要抓他、阻擋他，讓他不得不爬上路燈和煙囪才能逃脫。晚上，奇奇就睡在溝渠、穀倉或任何能躲藏的地方，靠摘樹籬上的漿果和生長在灌木叢裡的榛果維生。歷經許多冒險和驚險時刻之後，奇奇終於看到沼澤窪教堂的塔樓，知道自己總算快到老家了。

說完自己的故事之後，奇奇一口氣吃了六根香蕉，還喝了一整碗牛奶。

「真是的！」他說，「為什麼我不像波妮那樣天生就有翅膀，可以飛過來呢？你們無法想像我有多討厭那頂帽子和裙子，我這輩子從來沒有這麼不舒服過。從布里斯托城來這裡的路上，不是那頂討厭的帽子掉下來或卡在樹上，就是那可惡的裙子把我絆倒、纏到東西。女人到底為什麼要穿戴那些東西啊？老天，今天早上爬過貝拉比農場旁邊那座山丘、看到沼澤窪鎮時，我有多高興啊！」

「廚具間碗盤架上面的床已經幫你準備好了，」杜立德醫生說，「我們覺得你說不定會回來，所以一直沒有動它。」

「是啊，」達達說，「如果晚上冷的話，你可以拿醫生的舊休閒外套去用，你以前都把它當毯子。」

「謝謝，」奇奇說，「能回到這間老房子真好，一切都和我離開時一樣——除了門後那塊乾淨的擦手巾，那條是新的——好了，我要去睡覺了，我需要休息。」

大夥兒走出廚房、進入廚具間，看著奇奇像水手爬上船桅那樣爬上碗盤架。他在上面蜷縮起來，並將休閒外套拉過去，不一會兒就打起和緩的鼾聲。

「真懷念老奇奇！」醫生悄悄的說，「很高興他回來了。」

「是啊，真懷念老奇奇！」達達和波妮附和著。

接著我們躡手躡腳的走出廚具間，輕輕關上門。

15 杜立德醫生的小助手

星期四晚上，我們家非常興奮。媽媽已經問過我杜立德醫生喜歡吃什麼，我告訴她醫生喜歡肋排、甜菜根片、煎麵包、蝦和糖蜜塔。她把這些都準備好，放在桌子上等他，接著就在家裡東弄西弄，查看東西是否整齊就緒，能夠迎接醫生到來。

終於，我們聽見了敲門聲，第一個跑去開門的當然就是我。

這次，杜立德醫生帶來了自己的長笛。晚餐過後（他吃得非常開心），我們把桌子清理乾淨，並將碗盤放進水槽裡留到隔天清洗，接著醫生便和爸爸開始了二重奏。

他們吹奏得極為投入，我開始擔心他們不會討論我的事情了，但最後醫生說：「你們的兒子告訴我，他非常想成為一名博物學家。」

於是，持續到深夜的長談開始了。爸爸媽媽起初都十分反對（一如既往），說這只是小男孩一時興起，很快就會厭倦的。但是，等他們從各個角度討論過後，杜立德醫生對爸爸說：「那麼，斯達賓先生，假設你的兒子來我這邊兩年，也就是直到他十二歲的時候，這兩年間，他就有時間看自己會不會厭倦。我也承諾會在這段時間裡教他讀書寫字，或許還會教一些算術，你覺得怎麼樣？」

「我不知道，」爸爸搖著頭說，「醫生，你非常親切，這個提議也十分慷慨，但是我覺得小湯應該學習做點生意，以後才能謀生。」

這時，媽媽開口了，雖然她因為我這麼小就要離家而差點落淚，但還是向爸爸表明，這是讓我學習的好機會。

「雅各，」她說，「你知道鎮上有很多男孩都在重點中學讀到十四或十五歲，小湯完全可以利用這兩年的時間來學習，就算他除了讀書寫字以外什麼都沒學會，也不會白白浪費這段時間。只不過……」她一邊說，一邊拿出手帕，哭了起來，「他不在的時候，這間房子會顯得特別空蕩就是了。」

「我會讓他回來看妳的，斯達賓太太，」醫生說，「如果妳希望的話，每天都可以，畢竟他要去的地方也不是很遠。」

最後，爸爸讓步了。大家達成了共識，我會住在杜立德醫生家並為他工作兩年，交換食宿以及學習讀書寫字。

「只要我有錢，」醫生接著說，「當然也會幫湯米添購衣服，只是以我的狀況來說，收入不太穩定，有時有，有時沒有。」

「你人真好，醫生，」媽媽說，一邊擦乾眼淚，「小湯真是個幸運的孩子。」

這時，我這個不顧他人感受又自私的臭小鬼貼近醫生的耳邊，悄悄說：

「請別忘了提一下旅行的事。」

「噢，對了，」醫生說，「我偶爾會因為工作需要出趟遠門，你們不會反對你們的兒子和我一起去吧？」

我那令人心疼的媽媽猛然抬頭，對這個新狀況感到更難過和擔憂；我則是站在醫生的椅子後面，心臟因為興奮而怦怦跳，等待著爸爸的回答。

「不會，」爸爸停頓一陣之後，慢慢說，「如果我們同意了剛才的安排，我想也沒有權力反對這件事。」

那一刻，我肯定是全世界最快樂的小男孩。我歡天喜地，心思早已飄到了雲端，幾乎克制不住在客廳跳舞的衝動。我這輩子的夢想終於要成真了！我終於有機會去闖一闖，有機會去冒險了！因為我很清楚，杜立德醫生差不多要再度出航了。波妮告訴過我，他幾乎不會在家裡待超過六個月，所以他肯定會在兩個星期內再次出發。而我——我，湯米．斯達賓，將會和他一起去！想像一下，我就要橫越大海了，我要在國外的海岸漫步、遊歷世界！

Part 2

聰明的
杜立德醫生

1 杓鷸號的船員

從那以後，我在鎮上的地位自然變得非常不一樣，我不再只是貧窮鞋匠的兒子了。我趾高氣揚的走在商店街上，旁邊是戴著金項圈的小狗吉卜，那些曾經因為我無法上學而鄙視我的勢利眼小孩，現在都指著我、對朋友說：「看到他了嗎？他是杜立德醫生的助手——而且才十歲！」

要是他們知道我能和旁邊這隻狗交談，肯定會驚訝得把眼睛瞪得更大。

到我們家吃晚餐後兩天，醫生非常傷心的告訴我，他恐怕得放棄學習貝類的語言了——至少暫時放棄。

「湯米，我很沮喪，非常沮喪。我已經試了貽貝和蛤類，牡蠣和海螺，鳥蛤和扇貝，還有七種不同的螃蟹和所有龍蝦家族。我想先把這件事擱著，以後再試吧。」

「那你準備做什麼呢？」我問。

「嗯，我有點想去旅行了，湯米。我已經有一段時間沒出遠門，而且國外有很多工作在等著我。」

「那我們什麼時候出發？」我問。

「先等紫色天堂鳥到來，我必須看看她有沒有帶來長箭的消息。她遲到了，十天前就該到了，希望她平安。」

「那我們是不是該開始找船了？」我說，「再過一、兩天，她一定會抵達。到時候應該會有很多東西要準備吧？」

「確實如此，」醫生說，「不如就去找你那位朋友，捕貽貝的老喬，他知道哪裡有船。」

「我也想去。」吉卜說。

「好吧，一起來吧。」醫生說，於是我們就出發了。

老喬說他有一艘船，是剛買的，但是需要三個人才能駕駛，不過我們還是告訴他，我們想看看那艘船。

於是捕貽貝的老喬帶我們往下游走了一段路，讓我們瞧瞧那艘優雅又美麗無比的小船。這艘船叫做「杓鷸號」，老喬說可以便宜賣給我們，但問題是這艘船需要三個人才能航行，而我們只有兩個人。

「我當然會帶上奇奇，」醫生說，「不過，雖然他勤快又聰明，但還是不如人類強壯，應該再多找一個人來駕駛這種大小的船。」

「我認識一位優秀的水手，醫生，」老喬說，「這位頂尖的水手會很高興接下這個任務的。」

「不了，謝謝你，老喬。」醫生說，「我不想找水手，我沒有錢請他們，而且出海時他們會妨礙我。他們想按照規矩做事，可是我喜歡用自己的方法。讓我想想，我們可以帶誰呢？」

「馬修，那位賣肉給貓吃的肉販。」我說。

「不，他不行。馬修人非常好，但是話太多了，幾乎都在講他的風溼病。長途航行的夥伴一定要仔細挑選。」

「那隱士路克呢？」我問。

「真是個好主意，太棒了！如果他願意的話。我們馬上去問他吧。」

2 消失的隱士路克

正如我之前說過的，隱士是我們的老朋友。他是個非常奇特的人，獨自住在沼澤深處的小棚屋裡，只有他的虎斑鬥牛犬做伴。沒有人知道他來自哪裡——大家連他的名字都不知道，只叫他「隱士路克」。他從不去鎮上，似乎也不想見到人或和人交談。如果有人靠近他的小屋，那隻叫鮑伯的鬥牛犬就會把他們趕走。如果你問沼澤窪鎮的人隱士路克是誰，或是為什麼他要獨自住那個偏僻的地方，你只會得到這樣的答案：「哦，隱士路克啊？嗯，他是個謎，沒人搞得清楚。他身上一定有什麼祕密，但是別靠近他，他會放狗咬你。」

不過，還是有兩個人經常造訪沼澤裡的那間小屋，就是杜立德醫生和我。而且鬥牛犬鮑伯聽見是我們時，都不會對我們吠叫，因為我們喜歡路克，路克也喜歡我們。

這天下午，我們迎著寒冷的東風穿越沼澤地，吉卜在我們接近小屋時豎起耳朵說：

「真奇怪！」

「哪裡奇怪？」杜立德醫生問。

「鮑伯沒有出來迎接我們，他應該早就聽到我們的聲音了——或是嗅到我們的氣味。那是什麼奇怪的聲音啊？」

「聽起來是門在吱嘎作響，」醫生說，「可能是路克家的門，不過我們從這裡看不到，它在小屋的另一邊。」

「希望鮑伯沒有生病，」吉卜說，接著就吠了一聲，看能不能呼喚鮑伯，但是回應他的只有在這片遼闊鹹溼沼澤地上呼嘯而過的風聲。

我們三個匆匆前進，一邊努力思索。

我們來到小屋前面，發現門開著，軟弱無力的在風中搖擺、吱嘎作響。我們往裡面看，沒有人在。

「路克不在家嗎？」我說，「也許他出去散步了。」

「他通常都會在家，」醫生用他獨特的方式皺著眉頭說，「就算是出去散步，他也不會讓門被風這樣吹來撞去，事有蹊蹺……吉卜，你在那裡做什麼？」

「沒什麼，沒什麼……」吉卜一邊說，一邊仔細檢查小屋地板。

「過來，吉卜，」醫生厲聲說，「你沒說實話，你看到了一些跡象所以知道了什麼，或是猜到了什麼。發生什麼事了？告訴我，隱士在哪裡？」

「我不知道，」吉卜說，他看起來非常內疚和不自在，「我不知道他在哪裡。」

「但你知道些什麼，我可以從你的眼神中看出來。是什麼？」

可是吉卜沒有回答。

醫生質問了吉卜十分鐘，但吉卜一個字也不說。

「好吧，」最後，醫生說，「這樣站在寒風中也沒有用，隱士走了，就是這樣，不如先回家吃午餐吧。」

我們扣好大衣，準備穿過沼澤地回去。這時吉卜跑到前面，假裝在尋找水鼠。

「他肯定知道一些事情，」醫生悄悄的說，「我想他應該也知道發生了什麼事，但是他居然不想告訴我，真奇怪，他從來沒有這樣過，這十一年來都沒有這樣過。他什麼都會告訴我啊，奇怪，非常奇怪！」

「你的意思是，他知道隱士的事情，像是大家暗示過的那個天大祕密嗎？」

「如果他知道，我也不會驚訝，」醫生緩緩回答，「看見門開著、小屋空無一人的時候，我就發現他的表情不對勁，還有他聞地板的方式。他從地板上的線索得知了一些事情，他看見了我們看不見的跡象。不知道他為什麼不肯告訴我，我再問問他。吉卜！吉卜！過來，那隻狗呢？我以為他走在前面。」

「我也是，」我說，「剛剛他還在那裡，我看得很清楚。吉卜——吉卜——吉卜——吉卜！」

但是他不見了。我們一聲聲的呼喚，甚至走回小屋，可是吉卜消失了。

「噢，好吧，」我說，「他可能先跑回家了，你也知道，他經常這樣。我們到家之後就會看到他了。」

但是杜立德醫生只是拉緊大衣領子來抵擋寒風，邊走邊喃喃自語：「奇怪，真的很奇怪！」

3 藏在沼澤裡的祕密

到家時，杜立德醫生在玄關問達達的第一個問題就是：「吉卜到家了嗎？」

「沒有，」達達說，「我還沒見到他。」

「他回家時，請妳通知我，好嗎？」杜立德醫生說，一邊把帽子掛起來。

「沒問題，」達達說，「洗手別洗太久，午餐已經放在桌子上了。」

就在我們到廚房、坐下來吃午餐時，大門傳來一陣很大的聲響。我跑過去開門，吉卜跳了進來。

「醫生！」他呼喊著，「快來圖書室，我有事情要告訴你。達達，午餐待會再說。請你快一點，醫生，不能再浪費時間了，別讓其他動物跟過來，你跟湯米來就好。」

「好，」醫生說，這時我們已經進入圖書室並關上門，「把門鎖上，確定沒有人躲在窗戶下偷聽。」

「可以了，」醫生說，「沒有人聽得見你說話，怎麼回事？」

「醫生，」吉卜說（他因為奔跑而氣喘吁吁），「我知道隱士的事情，好幾年前就知道了，但我不能告訴你。」

「為什麼？」醫生問。

「因為我保證過不會說出去，是他的狗鮑伯告訴我的，我對他發誓要保守祕密。」
「那你現在要告訴我了嗎？」
「對，」吉卜說，「我們一定要救他，我剛才把你們丟在沼澤地，跑去追蹤鮑伯的氣味，然後我找到他了。我跟他說：『我現在可以跟杜立德醫生說了嗎？說不定他可以做些什麼。』接著鮑伯對我說：『可以，因為……』」
「噢，老天哪，快點，快點！」醫生大聲說，「告訴我們到底是什麼祕密，不是你跟鮑伯說了什麼，還有他跟你說了什麼。發生什麼事了？隱士到底在哪裡？」
「他在沼澤窪監獄，」吉卜說，「他被關起來了。」
「被關起來？」
「對。」
「為什麼？他做了什麼？」
吉卜走到門前，往底下嗅了嗅，確認沒有人在外面偷聽，接著又踮著腳回到醫生旁邊，悄悄的說：「他殺了一個人！」
「我的天哪！」醫生驚呼，並且重重的坐到椅子上，還頻頻用手帕擦拭額頭，「這是什麼時候的事情？」
「十五年前，在墨西哥的一座金礦，這就是為什麼他會成為隱士。為了不被認出來，他刮掉鬍子、遠離人群來到沼澤地。但是就在上個星期，警察來到了鎮上，他們聽說有個奇怪的人獨自居住在沼澤裡的小屋，於是起了疑心。長久以來，人們都在世界各地尋找十五年前在墨西哥金礦犯下殺人案的凶手。警察去了小屋，認出了路克手臂上的痣，把他抓進了監獄。」

「哎呀，哎呀！」杜立德醫生喃喃的說，「真是想不到。哲學家路克！竟然殺了人！真不敢相信。」

「很遺憾，這是真的。」吉卜說，「是路克做的，但鮑伯說這不是路克的錯，當時他還是隻小狗，而且目睹了一切。鮑伯說路克是不得已的，他只能這麼做。」

「鮑伯現在在哪裡？」醫生問。

「在監獄。我要鮑伯一起來見你，但是只要路克在監獄裡，他就不願意離開，他坐在牢房門外面不肯動，其他人給的食物也不願意吃。醫生，可以請你去看看能不能做些什麼嗎？今天下午兩點鐘會有審判。現在幾點了？」

「一點十分。」

「鮑伯說，如果他們證明路克殺了人，就會殺掉路克作為懲罰，或是把他關一輩子。可以請你去一趟嗎？如果你和法官談談，告訴他路克是一個多麼好的人，或許他們就會放他走。」

「我當然會去，」醫生說，一邊起身準備出發，「但是我很可能幫不上什麼忙。」他在門邊轉身，一邊思索一邊躊躇著說，「不過我還是很好奇……」

接著他打開門，吉卜和我也緊跟著走出去。

4 忠心的鬥牛犬鮑伯

達達非常生氣，因為我們又沒吃午餐就要出門。她要我們把冷豬肉派放進口袋裡，在路上吃。

我們來到沼澤窪法院（隔壁就是監獄）時，發現周圍聚集了很多人。這週是三個月一次的巡迴法庭週，每到這個時候，都會有偉大的法官千里迢迢從倫敦出巡，審判許多扒手和壞人，而閒閒沒事的鎮民就會來法院旁聽。

但是今天不一樣，無所事事的鎮民不是只有一些，而是非常多。消息已經傳遍了鄉間，他們說隱士路克將因為殺人被審判，長久以來伴隨著他的祕密終於要被揭曉。肉販和麵包店都打烊，附近的農人和所有鎮民都穿著週日的休閒服想擠進法院，或是在外面低語討論小道消息。商店街擠得水泄不通，幾乎難以前進，我從來沒有見過這座寧靜的古老小鎮這麼喧鬧，因為沼澤窪鎮自從一七九九年牧師的大兒子費德南．費普斯搶了銀行之後，就沒辦過這樣的巡迴法庭了。

要不是和醫生待在一起，我肯定沒辦法自己穿過擠在法院門口的人潮。我跟在他身後，抓著他的大衣後襬，終於安全的進入監獄。

「我想見路克。」醫生對站在門邊的那位尊貴的人說，他的藍色大衣上有黃銅色的釦子。

「到典獄長的辦公室詢問，」那個人說，「走廊左手邊第三道門。」

「醫生，你剛才在跟誰說話？」我問，一邊在走廊上前進。

「他是警察。」

「警察是什麼？」

「警察啊？他們負責維護秩序，是羅伯特．皮爾爵士發明的制度，所以警察有時候也叫做『皮爾人』。我們所處的時代真不錯，總有人會想出新的東西……這裡應該就是典獄長辦公室了吧。」

到了典獄長辦公室，有另一位警察為我們帶路。

我們在路克的牢房門外發現了鬥牛犬鮑伯，他看見我們時，傷心的搖著尾巴。為我們帶路的警察從口袋裡拿出一大串鑰匙，將門打開。

我從來沒有進過牢房，所以當警察鎖上牢房並離開，把我們關在光線昏暗、石頭造的小房間裡時，我覺得挺興奮的。他在出去之前交代過，等我們跟這位朋友談完之後就敲敲門，他會過來放我們出去。

一開始我什麼都看不到，裡面真的很暗。但是過了一會兒，我漸漸看出有一張低矮的床靠在牆邊，上方還有一扇豎著鐵柵的小窗戶。隱士坐在床上，手托著臉，盯著兩腳之間的地板。

「路克，」醫生親切的說，「這裡的光線不太夠，是吧？」

隱士坐在牢房的床上。

隱士緩慢的抬起頭。

「嗨，杜立德醫生，你怎麼會來？」

「我是來看你的，原本可以更早過來，不過我也是剛剛才得知這件事。我去了你的小屋，想問你有沒有興趣跟我一起去旅行。我發現屋子裡沒人，也不知道你去了哪裡。我聽說了你的事情，真的非常遺憾，所以來看看能不能做點什麼。」

路克搖搖頭。

「不，我不覺得還能做些什麼。他們還是抓到我了，這應該就是最後的結局吧。」

他姿態僵硬的站起來，開始在小房間裡來回踱步。

「就某方面來說，我也很高興這件事情要結束了。」他說，「我一直過得很不安穩，總覺得他們在追捕我，也很害怕跟人說話。他們注定會抓到我的……我很高興終於要結束了。」

接下來，杜立德醫生和路克談了半個多小時，試著讓他心情好一點；我則是沒什麼事情可做，只能一邊思索該說些什麼，希望能夠做點什麼。

最後，醫生說他想看看鮑伯，我們敲了敲門，警察便放我們出去。

「鮑伯，」醫生在走道上對大鬥牛犬說，「跟我一起到外面的門廊吧，我有事情想問你。」

「他還好嗎，醫生？」鮑伯問，我們正穿過走廊，來到了法院前的門廊。

「噢，路克沒事，他當然很悲慘，但是還好。告訴我，鮑伯，你目睹了那件事，對吧？那個人被殺死的時候，你也在場？」

「是的，醫生，」鮑伯說，「我跟你說……」

「好，」杜立德醫生打斷他，「我暫時只要知道這樣就好了，現在沒時間繼續說下去，審判就快開始了，法官和律師也已經上台。聽我說，鮑伯，我要你跟我一起進法庭，而且我說什麼你都要照做，了解嗎？不要鬧事，無論別人怎麼說路克都不要咬人，只要保持安靜，回答我問你的問題就好——要老實回答，清楚嗎？」

「非常清楚，但是你覺得你有辦法讓他脫身嗎，醫生？」鮑伯問，「他是個好人啊，醫生，沒有人比他更好。」

「看著辦，看著辦吧，鮑伯。這種事情我也沒做過，我不知道法官會不會同意。不過……嗯，就看著辦吧。該進法庭了，別忘記我告訴你的話。看在老天的份上，記得不要咬任何人，不然一切都會搞砸，我們還會被趕出去。」

5 危險的證人曼多薩

法庭裡的一切都太棒了，那是個又高又大，架得比地面高的空間，裡面非常莊嚴肅穆。法官已經入座，他是一位年邁又英俊的男人，身穿黑袍，還戴著一頂非常大的灰白假髮，他的桌子就在牆邊。法官席的下方有另一張長桌，戴著白色假髮的律師就坐在那裡。這個空間讓我覺得有點像教堂，也有點像學校。

「旁邊那十二個人，」杜立德醫生悄悄說，「就是坐在長木椅上的，他們叫做『陪審團』，他們會判定路克有沒有罪——無論路克是不是真的犯了罪。」

「你看！」我說，「路克在演講台上，兩旁都有警察。另一邊還有一個長得一模一樣的演講台，不過那裡沒有人。」

「那個叫做『證人席』，」醫生說，「我要去找一個戴白色假髮的人，你在這裡等著，看好這兩個座位。鮑伯會和你待在一起，盯著他，最好抓著他的項圈，我大概一分鐘左右就會回來。」

於是杜立德醫生走進擁擠的人群中。

我看見法官拿起一個有趣的小木槌，在桌上敲了敲。這個動作似乎是要大家安靜，因為大家馬上停止了嘰嘰喳喳的交談，開始恭敬的聆聽。接著，另一個身穿黑袍的人站了起來，開始朗讀手裡的紙張內容。

他咕噥著，彷彿在禱告，也沒有打算讓大家聽懂他說了什麼。不過我聽出了幾個字：「……別名『隱士路克』，……在墨西哥……夜裡用……殺死他的夥伴，別名『藍鬍子比爾』。因此女王陛下……」

這時候，我感覺有人從後方抓住了我的手臂，我轉過身去，發現杜立德醫生回來了，身邊還有一個戴著白色假髮的人。

「湯米，這位是派西．詹金斯先生，」醫生說，「他是路克的律師，負責解救路克——假如做得到的話。」

詹金斯先生似乎非常年輕，他的臉又圓又光滑，就像個小男孩。他和我握手，接著轉身繼續和杜立德醫生說話。

「噢，我認為這個想法非常寶貴，」他說，「狗當然要被列為證人，他是這件事唯一的目擊者。你有來我真是太高興了，我一點也不想錯過這場好戲。我的天哪！這應該能振奮一下了無生氣的法庭吧？這些巡迴法庭總是很無趣，但這可以引起討論，被告竟然有鬥牛犬證人呢！真希望有一大堆記者過來……啊，那裡就有一位記者在畫囚犯的畫像。這件事會讓我聲名大噪的，康利一定也會很高興吧？我的天哪！」

他把手掩在嘴前蓋住笑聲，淘氣的眼神閃閃發亮。

「康利是誰？」我問杜立德醫生。

「噓！他說的就是法官，尊貴的尤斯提．康克利。」

「那麼，」詹金斯先生拿出筆記本說，「多介紹一下你自己吧，醫生。你在杜倫大學拿到醫學士的學位，你剛才是這樣說的吧？你最近寫的一本書叫做什麼？」

剩下的對話，我就聽不清楚了，因為他們說得很小聲，所以我繼續觀察法庭。

雖然法庭裡的一切都很有趣，但是我當然無法完全理解。人們陸續踏上杜立德醫生稱為「證人席」的地方，坐在長桌前的律師就詢問他們有關「二十九號那天晚上」的事情，當證人席上的人走下來，就換另一個人上去回答問題。

其中一位律師（後來醫生告訴我，他是檢察官）千方百計的想找隱士麻煩，他問了隱士一些問題，想讓大家覺得隱士就是一個很壞的人。他是個糟糕的律師，鼻子又很長。

我的視線幾乎離不開可憐的路克，他坐在兩位警察之間，盯著地板，彷彿不在乎這一切。我唯一看見他抬頭望向別處，是一位矮小的黑人走上證人席的時候——那個人有著邪惡的水汪汪小眼睛；當他進入法庭時，我聽見鮑伯在我的椅子底下發出憤怒的聲音，路克的眼神也充滿怒火和不屑。

那個人說他名叫「曼多薩」，而且在藍鬍子比爾被殺之後，就是他帶墨西哥警察進入礦坑的。他每說一個字，我就聽見鮑伯在底下咬牙切齒的說：

「說謊！說謊！我要咬爛他的臉，說謊！」

我和杜立德醫生費了一番力氣讓鮑伯好好待在座位底下。

接下來，我發現詹金斯先生已經不在杜立德醫生旁邊了，但是沒過多久，就看見他站在長桌子那邊對法官說話。

「庭上，」他說，「我請求為被告傳喚新證人，博物學家約翰．杜立德醫生。請你進入證人席好嗎，醫生？」

杜立德醫生穿過擁擠的法庭，掀起一陣騷動。我看見那位長鼻子的糟糕律師低身對朋友說悄悄話，還露出醜陋的笑容——那個模樣讓我好想揍他一拳。

詹金斯先生問了杜立德醫生很多跟他有關的問題，並且要他大聲回答，好讓所有人聽見。最後，詹金斯先生說：「所以，杜立德醫生，你願意發誓自己能理解狗的語言，也能讓他們理解你所說的話語，是嗎？」

「是，」杜立德醫生說，「正是如此。」

「請問，」法官插了話，音量很小卻語帶威嚴，「這件事跟……呃——呃——藍鬍子比爾的命案有關嗎？」

「庭上，」詹金斯先生彷彿在演舞台劇般自豪的說，「現在這間法庭裡有一隻鬥牛犬，他是唯一一位看見藍鬍子比爾被殺死的目擊者。我希望在法庭的准許之下，讓那隻狗進入證人席，由你面前這位傑出的博物學家，約翰．杜立德醫生來盤問他。」

6 法官的狗

整個法庭安靜了一陣子，接著大家開始竊竊私語和偷笑，最後甚至吵得像嗡嗡作響的大蜂窩。很多人感到訝異，大部分的人覺得好笑，但也有少數人顯得憤怒。

長鼻子的糟糕律師很快就站了起來。

「我抗議，庭上，」他高呼，一邊對法官大肆揮舞雙臂，「我反對，這樣有損法庭的尊嚴。我抗議。」

「法庭的尊嚴是由我來維護的。」法官說。

這時，詹金斯先生又站了起來（要不是審判是一件嚴肅的事情，當時的場景簡直就像木偶戲，不斷有人起立又坐下）。

「如果有任何人懷疑這件事的真偽，那麼就讓杜立德醫生在法庭上展現他的能力，讓我們知道他是否真的理解動物在說什麼，我相信庭上也不反對吧？」

老法官考慮了一會兒才回答，眼裡似乎閃過了一絲興味。

「好，」他終於開口，「我不反對。」接著轉向杜立德醫生。

「你確定你做得到嗎？」法官問。

「確定，庭上。」杜立德醫生回答，「非常確定。」

「那好吧，」法官說，「如果你能證明自己真的聽得懂狗的證詞，那麼我就不反對狗成為證人。不過我警告你，要是你讓法庭淪為笑柄，我可不會對你客氣。」

「抗議，我抗議！」長鼻子檢察官大喊，「太丟臉了，簡直是侮辱法庭！」

「坐下！」法官強硬的說。

「庭上希望我和什麼動物說話呢？」杜立德醫生問。

「我要你和我的狗說話，」法官說，「他在外頭的寄物房裡，我會找人帶他進來，然後看看你有什麼本事。」

於是有人走了出去，把法官的狗帶進法庭。那是一隻又大又漂亮的蘇俄獵狼犬，有著纖細修長的腿、蓬亂的毛髮，驕傲又美麗。

「醫生，」法官說，「你見過這隻狗嗎？要記得你在證人席上，而且發過誓。」

「不，庭上，我沒見過他。」

「那好，請他告訴你，我昨天晚餐吃了什麼。我吃晚餐時他都在，而且看著我吃。」

於是杜立德醫生開始用手勢和聲音與那隻狗交談，持續了很長一段時間。接著醫生開始咯咯笑，聊得很起勁，似乎忘記了法庭、法官和這一切。

「他講真久！」我聽見前方的胖女士在低語，「他是裝的吧，怎麼可能懂！哪有跟狗說話這種事情呢？當我們是小孩嗎。」

「還沒結束嗎？」法官問醫生，「問晚餐吃什麼不需要這麼久吧。」

「噢，不是的，庭上。」醫生說，「他早就告訴我答案了，但是他又聊起你晚餐後做了什麼。」

「別管那些，」法官說，「針對我的問題，告訴我他給了你什麼答案。」

「他說你吃了羊排、兩個烤馬鈴薯、一顆醃胡桃和一杯啤酒。」

尊貴的尤斯提・康克利法官嘴唇發白、大吃一驚。

「根本就像黑魔法，」他喃喃的說，「真沒想到……」

「晚餐之後，」杜立德醫生繼續說，「他說你去看了一場拳擊，然後還賭了一點錢，十二點才回家，還一邊唱：『我們不會……』」

「這樣就可以了，」法官打斷他，「我相信你所說的能力了，犯人的狗可以列為證人。」

「我抗議，我反對！」檢察官大喊，「庭上，這實在……」

「坐下！」法官咆哮著，「我說讓那隻狗作證，就是這樣！讓證人入席。」

於是，在英國神聖的歷史上，這是第一次有狗在巡迴法庭上踏入證人席。而我，湯米・斯達賓（那時杜立德醫生在法庭另一邊對我比了個手勢），便驕傲的領著鮑伯來到走道，穿過驚訝的人群，再經過皺著眉、氣急敗壞的長鼻子檢察官，讓鮑伯舒舒服服的坐上證人席的高椅。這隻老鬥牛犬不高興的坐著，看著下方那些驚訝得目瞪口呆的陪審團。

➔鮑伯不高興的坐在證人席上，看著下方那些驚訝得目瞪口呆的陪審團。

7 前所未見的證人

在那之後，審判迅速進行。詹金斯先生要杜立德醫生問鮑伯在「二十九號那天晚上」看見了什麼，而當鮑伯將他知道的事情全盤托出後，杜立德醫生便翻譯給法官和陪審團，這就是他所說的：

「一八二四年十一月二十九日晚上，我和我的主人路克．費瓊（又稱隱士路克）一起待在墨西哥的金礦場，還有他的兩個朋友：曼紐．曼多薩和威廉．博格斯（又稱藍鬍子比爾）。這三個人花了很長的時間尋找金礦，在地上挖了很深的洞。二十九日早上，他們在這個洞穴底部發現了金礦，而且有很多。我的主人和他的兩位朋友都非常高興，因為他們要發財了。但是曼紐．曼多薩要藍鬍子比爾和他一起去散步，而我一直懷疑這兩個人很壞，所以我發現他們丟下我的主人之後，就偷偷跟蹤他們，看他們在搞什麼。我聽見他們在山洞深處討論要殺害隱士路克，這樣就可以拿到所有金礦，不用分給他。」

這時，法官問：「證人曼多薩呢？警官，不准讓他離開法庭。」

但是那個眼睛水汪汪的邪惡小傢伙，已經趁大家不注意時偷溜出去了，再也沒有人在沼澤窪鎮看到他。

「然後，」鮑伯繼續說，「我去找我的主人，努力讓他知道那兩個朋友是很危險的人，但是沒有用，主人不懂狗的語言。所以我只好用別的辦法，就是不讓主人離開我的視線，不論白天晚上都跟著他。

「他們挖的洞已經非常深了，進出洞穴時需要使用綁了繩子的吊桶，三個人用這種方式將一個人拉上來、放一個人下去，金礦也是用吊桶拉上來的。然後，晚上七點左右，主人站在洞口上方把吊桶裡的藍鬍子比爾拉上來。就在他拉到一半時，我看見曼多薩從我們住的小屋走出來。曼多薩以為比爾去買東西了，但其實不是，他在吊桶裡。曼多薩看見路克費勁的拉繩子，以為他在拉金子上來，於是他掏出口袋裡的手槍，偷偷跑到路克後面打算射殺他。

「我不停的叫，想警告主人有危險，但他忙著拉藍鬍子比爾（他是個很重的胖子），根本無暇注意我。我就想，要是不快點做什麼，主人一定會被射殺，所以我做了一件從來沒有做過的事，那就是狠狠咬了主人的後腿。主人又驚又痛，但依然如我預期那樣反應——雙手放開繩子，並且轉身。接著，砰！的一聲，吊桶裡的藍鬍子比爾墜落礦坑底部，摔死了。

「當主人忙著罵我的時候，曼多薩把手槍收進口袋，笑著往礦坑裡看。他還對主人說：『我的天哪，你殺了藍鬍子比爾，我要去報警。』然後跳上馬背跑走了。曼多薩就是想讓主人坐牢，獨吞金礦。

「主人害怕了起來，他認為要是曼多薩向警察說謊，就會變成是他刻意殺害藍鬍子比爾。所以曼多薩離開後，主人和我就悄悄離開，來到英國。他在這裡刮掉了鬍子，成了隱士。從那時候開始，我們躲藏了十五年。我要說的就是這些，而且我發誓這是真相，句句屬實。」

杜立德醫生翻譯完鮑伯這番長長的故事之後，十二位陪審團成員都非常激動，其中一位年紀很大的白髮男人，還因為可憐的路克躲在沼澤地十五年而忍不住大聲啜泣。其他陪審員也開始竊竊私語，互相點頭。

這時候，那位可怕的檢察官又站了起來，手臂揮得比之前更誇張。

「庭上，」他高呼，「我要反對，因為這番證詞有偏見，狗當然不會說出對主人不利的真相。我反對，我抗議。」

「好，」法官說，「你也可以盤問他，身為檢察官，證明他說了假的證詞也是你的職責。狗就在那裡，如果你不相信他說的話，就去盤問他。」

我以為那位長鼻子檢察官會大發脾氣，他先是看了鮑伯一眼，然後看了杜立德醫生一眼，再來是法官，接著又望向證人席上面露怒容的狗。他開口想說些什麼，但是一個字也沒說出來。他再次揮舞手臂，臉變得愈來愈紅，最後捂著額頭無力的癱倒在座位上，離開法庭時還得讓兩個朋友攙扶他。當他被扶到門口的時候，還在無力的咕噥：

「我抗議——我反對——我抗議！」

8 隱士自由了！

接下來，法官對陪審團說了一段很長的話。結束之後，十二位陪審員都起身走進隔壁的房間，杜立德醫生也在此時帶鮑伯走回來、坐在我旁邊。

「陪審員為什麼要離開？」我問。

「審判結束時，他們都會這麼做，要決定犯人是否犯了罪。」

「你和鮑伯不能跟他們一起進去，幫他們下正確的決定嗎？」我問。

「不行，不可以這麼做，他們必須私下討論，有時候還會花上……天哪，你看，他們回來了！他們很快就做決定了。」

十二個人走回長椅坐下，大家都保持靜默，而其中一位矮小的陪審員（也就是他們的代表）起身面對法官。大家都屏息以待，準備聽他說話，尤其是杜立德醫生和我。這時，法庭安靜得連針掉在地上都聽得見，整個法庭的人（其實是整個沼澤窪鎮的人）都伸長了脖子、豎起耳朵，等著聆聽那決定性的宣告。

「庭上，」那位矮小的陪審員說，「陪審團給予的裁決是『無罪』。」

「那是什麼意思？」我轉頭問杜立德醫生。

但是我發現這位著名的博物學家約翰．杜立德醫生站到了椅子上，像孩子一樣不斷用單腳跳舞。

「意思就是他自由啦！」他高呼，「路克自由了！」

「那他就可以跟我們一起去旅行嘍？」

但是我聽不見杜立德醫生的回答，因為似乎整個法庭的人都和醫生一樣在椅子上跳，群眾變得好瘋狂，大家都在笑，對路克呼喊揮手，聲音震耳欲聾，好讓路克知道，他們因為他獲得自由，有多開心。

接著，一切都停了下來，又恢復了肅靜。當法官離開法庭時，大家都帶著敬意起立，因為隱士路克的審判結束了，而這個著名的審判直到今日都還被沼澤窪鎮的人津津樂道。

法官離去時，突如其來的尖叫聲打破了寧靜，門口有個女人，展開雙臂迎向隱士。

「路克！」她哭喊，「我終於找到你了。」

「那是他的太太，」我前面的胖女人悄悄說，「這十五年她都有沒見過他，真可憐！這場重逢真是太棒了，真高興我有來，我絕不想錯過這一切！」

法官離開之後，大家又開始吵鬧，這次居民都圍繞在路克和他太太周圍，紛紛跟他們握手、恭喜他們，感動得又哭又笑。

「來吧，湯米，」醫生抓著我的手臂說，「趁現在趕快出去吧。」

「可是，你不去找路克說話嗎？」我說，「問他要不要一起出海呀？」

「問了也是白問，」醫生說，「他太太來找他了，沒有一個丈夫會在和太太分離十五年後還出海旅行的。走吧，回家吃晚餐，我們午餐沒吃多少不是嗎？這樣就能多吃一點了，可以吃個午晚餐，配水田芥和火腿，變換一下也不錯，走吧。」

正當我們準備從側門出去時，我聽見大家在喊：

「杜立德醫生！醫生！杜立德醫生在哪裡？要不是因為杜立德醫生，隱士就要被吊死了。說點話，說點話吧！醫生！」

有個人跑過來說：「大家在呼喚你呢，先生。」

「非常抱歉，」杜立德醫生說，「但是我在趕時間。」

「大家不希望你就這樣離開，先生，」那個人說，「他們希望你可以到市集公開說些話。」

「請他們原諒，」杜立德醫生說，「請代我致意。我家裡有事情，非常重要，我不能不回去，請路克發表感言吧。走吧，湯米，往這裡。」

當我們來到法庭外面，發現有另一群人在側門等著時，杜立德醫生便咕噥了一句：「噢，天哪！」接著他說，「走左邊那條巷子，快！跑啊！」

我們拔腿就跑，在幾條小路上狂奔，千鈞一髮之際逃離了人群。

我們一直跑到奧森索路才敢放慢速度、喘口氣。即使已經來到杜立德醫生家的柵門前，當我們轉身回望鎮上，夜風中依然傳來許多模糊的說話聲。

「他們還是想找你，」我說，「你聽！」

模糊的聲音突然變成了低沉的喧鬧聲，雖然距離有二・五公里，但還是聽得見他們在說：「為隱士路克歡呼三次吧，萬歲！萬歲！萬歲！為他的狗歡呼三次吧，萬歲！萬歲！萬歲！為他的太太歡呼三次吧，萬歲！萬歲！萬歲！為杜立德醫生歡呼三次吧，萬歲！萬歲！萬歲！」

9 紫色天堂鳥來了！

波妮在前廊等我們，看起來有很重要的事情要說。

「醫生，」她說，「紫色天堂鳥來了！」

「終於啊！」杜立德醫生說，「我還擔心她會不會發生意外了，米蘭達還好嗎？」

雖然已經是用餐時刻，但是從杜立德醫生開鎖時的興奮模樣來看，我想我們不會馬上吃晚餐了。

「噢，她到的時候看起來還好，」波妮說，「雖然長途飛行很累，不過她沒事。但是你能想像嗎？她一進到庭院，愛搗蛋的麻雀就開始罵她——就是奇普賽街的傢伙。我過去的時候，米蘭達已經淚汪汪的了，還想今天晚上就直接掉頭回巴西呢，我花了好大的力氣才說服她等你回來。她現在在書房，我把奇普賽街的傢伙關進書櫃裡了，還跟他說你一到家我就會告訴你這件事。」

杜立德醫生皺起眉頭，不發一語快速的走進書房。

書房裡點了蠟燭，因為太陽差不多下山了。達達站在地上，看守著關著奇普賽街的傢伙的玻璃門書櫃。我們進去時，那隻吵鬧的小麻雀依然在玻璃門裡生氣的振翅。

有隻鳥兒站在大桌子中間的墨水檯上，那是我見過最美麗的鳥，有著深紫色的胸口、鮮紅色的翅膀和好長好長的金色尾巴。她美得讓人難以想像，不過她看起來累壞了。她把頭縮在翅膀底下，輕輕的搖擺身子，跟其他經歷了長途飛行的鳥一樣。

「噓！」達達說，「米蘭達在睡覺，奇普賽街的搗蛋鬼在這裡面。聽我說，醫生，請你讓這隻麻雀離開，免得他又搗蛋。他就是個粗魯的小麻煩，我們費了好一番工夫才說服米蘭達留下來。我需要把晚餐端到這裡嗎，還是等你忙完再到廚房吃呢？」

「我們會去廚房吃晚餐，達達。」醫生說，「請把奇普賽街的傢伙放出來再離開吧。」

達達打開書櫃門，奇普賽街的傢伙便趾高氣揚的走出來，一邊努力掩飾自己的罪惡感。

「奇普賽街的傢伙，」醫生嚴厲的說，「米蘭達來的時候，你對她說了什麼？」

「我什麼也沒說啊，醫生，真的沒有。其實也沒什麼啦，我本來在碎石小徑上撿麵包屑，然後她飛進庭院，趾高氣揚，一副很了不起的樣子，彷彿整個地球都是她的一樣，只因為她有五顏六色的羽毛。倫敦的麻雀也沒有比她差呀，我根本受不了這些過分打扮、華麗又俗氣的外國鳥，他們為什麼不待在自己的國家就好了？」

「但是你到底說了什麼，讓她這麼生氣？」

「我只是跟她說：『英國的庭院不是妳該來的地方，妳應該待在販售仕女帽的櫥窗裡。』就這樣。」

「你真該感到羞愧，奇普賽街的傢伙。你難道不知道，這隻鳥為了見我飛了好幾千公里嗎？結果一到這裡卻被你亂罵一通，你說這些話是什麼意思？要是今晚她在我回來之前就離開了，我是絕對不可能原諒你的，你出去吧。」

奇普賽街的傢伙不好意思的跳到門外的走道，不過還是假裝自己不在乎。達達接著關上房門。

杜立德醫生走向棲息在墨水檯上那隻美麗的鳥，輕輕摸她的背，她的頭也瞬間從翅膀底下探了出來。

10 失蹤的博物學家

「米蘭達，」杜立德醫生說，「很抱歉發生了這種事情，請別把奇普賽街的傢伙放在心上，他不懂事。他是城市鳥，這輩子什麼事情都要爭，請妳體諒，他不懂事。」

米蘭達疲憊的伸展美麗的翅膀。當她醒來活動，我才發現她真的是一隻品種優良、高貴的鳥。她泛著淚，嘴顫抖著。

「要是我沒有這麼累的話，」她用動聽的高音說，「應該不會這麼介意，當然也還有別的原因。」她輕輕的說。

「旅途不順利嗎？」醫生問。

「這是最糟的一次旅行，」米蘭達說，「天氣，嗯——說了有什麼用呢？我都到這裡了。」

「告訴我，」杜立德醫生說，似乎早就等不及問出口，「妳幫我傳話給長箭之後，他說了什麼？」

紫色天堂鳥垂下頭來。

「這就是最糟糕的部分，」她說，「我差點就不來這裡了，因為我沒辦法幫你傳話，我找不到他。金箭的兒子——長箭，他失蹤了！」

「失蹤?」杜立德醫生高呼,「天哪,他發生了什麼事?」

「沒有人知道,」米蘭達回答,「我也告訴過你,他以前就經常失蹤,印第安人都不知道他在哪裡。不過要躲過鳥兒的眼線非常困難,只要我想打聽,都能找到貓頭鷹或燕子問到他的下落,可是這次沒辦法,所以我才會晚兩個星期才過來。我一直找、一直找、到處問,飛遍了南美洲的東南西北,但是都沒有辦法知道他在哪裡。」

她說完後,房裡瀰漫著哀傷的沉默,杜立德醫生用一種獨特的方式皺起眉頭,波妮也搔了搔頭。

「妳問過黑鸚鵡嗎?」波妮問,「他們通常無所不知。」

「當然有,」米蘭達說,「什麼都問不到讓我很難過,我都忘記在旅途開始之前觀察天象了。我還以為才六月或七月,所以沒有在葡萄牙外海的亞速爾群島休息,直接前往直布羅陀海峽。結果,我遇上了大西洋中部的劇烈暴風,還以為自己活不成了。不過幸運的是,暴風減弱之後,我找到了一塊在海上漂流的沉船殘骸,於是就在那裡休息、睡了一會兒。要是沒有那段休息時間,我就到不了這裡,告訴你們這段經歷了。」

「可憐的米蘭達!真辛苦!」杜立德醫生說,「不過,妳有問到長箭最後出沒的地方嗎?」

「有,一隻年輕的信天翁告訴我,他在蜘蛛猴島上見過長箭。」

「蜘蛛猴島?是巴西外海的島嶼吧?」

「沒錯,就是那裡。我當然馬上飛過去,問了島上所有的鳥。那座島很大,長有一百多公里，長箭好像是去拜訪一些住在那裡的特殊印第安人。他最後一次被看到時，正上山尋找稀有藥草，這是我從一隻被人馴養當寵物的老鷹那裡聽來的，他被印第安酋長養來獵竹雞。我還差點因為打聽消息被抓住、關進籠子裡呢，這就是擁有美麗羽毛的最大缺點，接近人類幾乎都是這樣的下場。他們都說：『噢，真美啊！』然後就朝你射箭或開槍。全世界的人類當中，我只敢接近你和長箭。」

「沒有人知道他有沒有下山嗎？」

「沒有，那就是他最後的蹤影了。我問岸邊的海鳥長箭有沒有划獨木舟出海，但是他們也不知道。」

「他會不會出事了？」杜立德醫生害怕的問。

「恐怕是這樣，」米蘭達點點頭說。

「嗯，」杜立德醫生緩緩的說，「沒辦法親自見到長箭會是我這輩子最大的遺憾；不僅如此，這對人類知識來說也會是一大損失。因為就妳對他的描述來看，他對大自然的了解比我們所有人的知識加起來還要多，要是他就這樣死去，且沒有人記錄下來讓世界變得更好，那就太糟糕了。不過，妳不會真的認為他死了吧？」

「我能不這麼想嗎？」米蘭達問，一邊大哭，「整整六個月都沒有魚或鳥獸看見他呀！」

紫色天堂鳥說：「我能不這麼想嗎？」

11 沒有目的地的旅行

聽到長箭失蹤的消息讓我們非常傷心，從杜立德醫生晚餐時沉默又失神的模樣來看，他簡直難過到了極點。每隔一會兒，他就會停下來坐在那裡呆呆望著桌布上的汙點，思緒似乎飄得很遠很遠，直到達達刻意咳嗽或撥動水槽裡的鍋子來督促醫生好好用餐，他才回過神來。

我向杜立德醫生提起今天下午他為隱士路克和他太太所做的事情，盡量逗他開心；但是發現這招沒用之後，我就開始談論準備出航的事情。

「可是啊，湯米，」杜立德醫生說，這時我們正從餐椅上起身，達達和奇奇也開始收拾餐桌，「我現在也不知道要去哪裡了，自從聽了米蘭達帶來的消息，我就有種迷茫的感覺。我原本計畫這次旅行要去見長箭，我期待了一整年，因為我覺得他可以幫助我學習貝類的語言——說不定還能想辦法潛入海底。結果呢？他失蹤了！那些偉大的知識也跟著不見了。」

接著，杜立德醫生似乎又開始走神了。

「多麼神奇啊！」他喃喃的說，「我和長箭這兩個學生——雖然我沒有見過他，我卻覺得自己很了解他。他這輩子沒有接受過教育，卻用自己的方式在做跟我一樣的事情，而現在他不見了！我跟他相隔十萬八千里，還只有一隻鳥認識我們呢！」

我們回到書房，吉卜帶來了醫生的拖鞋和菸斗。當菸斗點燃、煙霧開始瀰漫整個房間之後，這位老先生的心情似乎才好了一些。

「但是你還是會去旅行吧，醫生？」我問，「就算沒辦法去找長箭。」

他突然抬頭看著我，我想他應該知道我有多麼擔心，因為他突然露出了平常那樣如男孩般的笑容，並說：「會的，湯米，別擔心，我們會去的。就算可憐的長箭不見了，我們也不能停止工作與學習。不過要去哪裡呢？這倒是個問題，我們該去哪裡呢？」

我有好多想去的地方，所以沒辦法馬上決定。就在我思考到一半時，醫生坐直身子說：「我告訴你該怎麼做，湯米。我年輕的時候會玩一個遊戲——在我妹妹莎拉來跟我一起住之前——我叫它『沒有目的地的旅行』。只要我想去航海，卻又無法決定要去哪裡時，我就會閉上眼睛、隨意翻開地圖集，接著拿筆隨便亂揮幾下後，插在翻開的那頁地圖上，最後才張開眼睛。這個遊戲很刺激喔，因為在開始之前，你必須發誓，無論如何都要前往鉛筆指到的地方。要玩嗎？」

「當然要！」我幾乎是用喊的，「好刺激啊！我希望是中國、婆羅洲，或巴格達。」

我立刻爬上書櫃，取出放在最上層的地圖集然後放到醫生面前的桌上。

我清清楚楚記得地圖集的每一頁，我在那些褪色的老地圖上日夜流連，跟著藍色的河流從山上進入大海，好奇那些小鎮真正的模樣，還有那些蔓延橫生的湖泊究竟有多麼遼闊。這本地圖集帶給我許多趣味，讓我在腦海中到世界各地旅行。我再度翻開這本地圖集：第一頁沒有地圖，只告訴你這本書是一八〇八年於愛丁堡印製，還有很多對這本書的介紹；下一頁是太陽系，上面有太陽與星球、月球和其他恆星；第三頁是北極與南極的航海圖，接著是南北半球、海洋、陸地與國家。

醫生削鉛筆時，我有了一個想法。

「要是鉛筆指在北極怎麼辦？」我問，「我們也得去嗎？」

「不用，遊戲規則是『不用去已經去過的地方』，所以可以再選一次。我去過北極了，」他小聲的說出最後一句話，「所以我們不用去那裡。」

我驚訝得差點說不出話。

「你去過北極！」我總算在驚訝之中吐出這句話，「我以為沒有人去過那裡，地圖上畫了探險家去過和想要去的地方。如果你去過了，為什麼上面沒有你的名字？」

「因為我答應要保密，你也要答應我不能說出去。我在一八〇九年四月去了北極，但是我抵達之後沒多久，就有一群北極熊來找我，告訴我那裡有大量煤礦被埋在雪底下。他們說，他們知道人類會上山下海、不計一切取得煤礦，所以希望我能保密，因為一旦有人去那裡開採煤礦，他們美麗的白色國度就會被破壞，而全世界除了北極之外，沒有其他地方有這麼低的溫度，能讓北極熊舒服的居住，所以我當然要答應他們。不過，那裡總有一天會被別人發現，只是我希望北極熊能獨享他們的天堂久一點。我想應該還可以維持好一段時間，因為那裡的環境實在太惡劣了……那麼，你準備好了嗎？很好！站過來靠近桌子，書打開時用鉛筆在空中畫三圈，然後往下戳。準備好了嗎？好，閉上眼睛。」

這是個令人緊張又害怕的時刻，但也非常刺激。我們兩個都緊緊閉上眼睛，我聽見地圖集砰的一聲翻開，不知道翻到了英國還是亞洲。如果是亞洲地圖，那鉛筆指的地方就極為關鍵。我用鉛筆在空中畫了三圈後往下指，筆尖碰到了書頁。

「好了，」我大聲說，「就是這裡。」

12 命運般的目的地

我們睜開眼睛，接著就撞上了對方的頭——因為我們都急著把頭往前探，想看清楚究竟要去哪裡。

地圖集翻到了「南大西洋航海圖」這一頁，我的筆尖指在一座小島的正中心，島的名字印得好小，杜立德醫生還得拿出高度數眼鏡來閱讀。我興奮得顫抖起來。

「蜘蛛猴島。」他慢慢的唸出來，接著輕輕呼出一口氣，「太厲害了！你指的這個小島，是長箭最後出沒的地方。真奇怪啊——哎呀，哎呀！真是太罕見了！」

「我們會去吧，醫生？」我問。

「當然，遊戲規則就是要去。」

「真高興不是奧森索鎮或布里斯托城，」我說，「這會是一場偉大的航行，我們要橫渡這麼寬廣的海洋呢，是不是要很久呢？」

「噢，不會的。」醫生說，「不會很久，只要有一艘好船和適當的風，我們四週之內就可以順利到達。不過這很不尋常吧？全世界有那麼多地方，你閉著眼睛卻挑中了那裡，竟然是『蜘蛛猴島』！那裡有個優點，就是我可以採集一些賈比茲甲蟲。」

「賈比茲甲蟲是什麼？」

「是非常罕見的甲蟲，而且習性特殊，我想研究他們。全世界只有三個地方有這種甲蟲，其中一個就是蜘蛛猴島，不過就算是那裡，這些甲蟲也非常稀少。」

「小島名稱後面的小問號是什麼意思？」我問，一邊指著地圖。

「意思就是不確定島嶼在海上的位置，也就是大概在那裡。可能有船隻在那附近見過那座島，如此而已。我們很可能是第一批上岸的白人，不過我認為應該要花一點功夫才能找到它。」

聽起來實在太夢幻了！我們坐在大書桌前，蠟燭在一旁燃燒，煙霧也從醫生的菸斗裊裊飄向昏暗的天花板。我們就坐在那裡，聊著在大海之中尋找島嶼的事，還有成為第一批登陸的白人！

「這次的航行一定會很棒，」我說，「地圖上的島嶼看起來很美麗，那裡會有黑人嗎？」

「沒有，米蘭達告訴我，住在那裡的是一個特殊的印第安部落。」

這時，可憐的天堂鳥被驚動、醒了過來，我們興奮到忘記降低音量了。

「米蘭達，我們要去蜘蛛猴島。」醫生說，「妳知道在哪裡吧？」

「我知道，不過僅限於上次見到它的時候，」那隻鳥說，「我不敢保證它還會在那裡。」

「什麼意思？」醫生問，「它不是固定不動的嗎？」

「不，」米蘭達說，「啊，你不知道嗎？蜘蛛猴島是一座漂浮島嶼，會到處移動，通常都在南美洲的南部。不過如果你要去的話，我可以幫你。」

聽到這件新鮮事之後，我再也忍不住了，一定得找個人分享這件事。我邊唱邊跳的離開房間，打算去找奇奇。

我在門邊撞到了達達，她用翅膀端了一堆盤子準備進門，卻一頭栽到我的鼻子上。

「這個小孩瘋了嗎？」鴨子驚呼，「你要去哪裡啊，傻瓜？」

「去蜘蛛猴島！」我大喊，一邊爬起來翻筋斗下樓，「蜘蛛猴島！萬歲！而且它會漂！」

「你要去的是精神病院啦，」鴨子管家嗤之以鼻的說，「看看你把我最好的盤子弄成什麼樣子！」

但是我實在太開心了，根本無心聽她罵了我什麼。我繼續邊跑邊唱，到廚房找奇奇。

Part 3

杜立德醫生再度啟航

1 喬里金基國的邦波王子

那一週，我們開始為航行做準備。

捕貽貝的老喬將杓鷸號下到河面，然後把它綁在河堤上，讓我們更方便搬東西上去。我們花了整整三天搬運糧食到這艘美麗的新船上，並且將它們整理好。船的內部又大又寬敞，讓我很驚訝。這艘船有三個小船艙、一個包廂（或餐廳），底下還有一個很大的空間叫做貨艙，用來儲存食物、備用船帆和其他東西。

我想老喬一定是告訴鎮上所有人我們要去航行的事了，因為當我們把東西搬上船時，總會有一群人在旁邊觀看。還有，馬修也出現了。

「天哪，小湯，」他說，一邊看著我把幾袋麵粉搬到船上，「這艘船真漂亮！杜立德醫生這次要去哪裡呀？」

「我們要去『蜘蛛猴島』。」我驕傲的說。

「只帶你一個人去嗎？」

「嗯，他有說想再帶一個人去，」我說，「但是他還沒決定。」

馬修咕噥了一下，接著瞇眼望向杓鷸號優雅的船桅。

「你知道嗎，小湯，」他說，「要不是我有風溼病，我還真想跟杜立德醫生一起去。準備出航的船總能喚起我想要冒險的感受，讓我想去旅行。你拿的罐頭裡面裝了什麼？」

「糖蜜，」我說，「九公斤的糖蜜。」

「我的天哪，」他傷心的轉頭大嘆，「這讓我更想和你們一起去了，可是我的風溼病很嚴重，幾乎無法……」

後來我就聽不見了，因為馬修已經移動腳步，喃喃自語的走進了碼頭邊的人群。沼澤窪教堂的時鐘開始報時，中午十二點了。我繼續裝貨，感覺非常忙碌，也覺得自己是個重要的人物。

不過，很快就有另一個人走了過來，打斷我的工作。這個高大魁梧的男人留著紅鬍子，手臂上都是刺青。他用手背抹抹嘴巴，往河堤吐了兩口口水後說：「小子，你的老大呢？」

「老大？你說的是誰呀？」我問。

「就是船長，這艘船的船長呢？」他指著杓鷸號說。

「噢，你是指杜立德醫生？」我說，「他現在不在這裡。」

這時，杜立德醫生出現了，他的懷裡滿滿都是筆記本、捕蟲網和玻璃盒，還有其他跟自然史有關的東西。那個高大的男人走了過去，恭敬的摸摸他的帽子致意。

「早安，船長，」他說，「我聽說你的這趟航行需要人手，我叫班．布徹，是個能幹的水手。」

「很高興認識你，」杜立德醫生說，「但我恐怕不會再找人了。」

「啊，可是船長，」這位能幹的水手說，「你不會真的只帶這個小伙子就要深入海洋，面對海上的天氣吧？船還這麼大！」

杜立德醫生告訴他確實是這樣，但是這個人並沒有就此離去。他徘徊在旁，開始提出理由，告訴我們他聽說有很多船都因為「人手不足」而沉沒。接著，他拿出一張叫做「爭書」（當時的我不知道這個東西是什麼）的東西，上面寫他是一名極為優秀的水手，接著他懇求我們，說要是我們珍惜生命，就應該讓他一起去。

可是杜立德醫生非常堅持（禮貌但立場堅定）。最後，那個人哀傷的離開，還告訴我們他覺得再也不會見到我們了。

那天早上接連有人來找我們說話，讓我們十分忙碌。當醫生到船艙存放筆記本時，又有一個人出現在連接船與岸邊的跳板上——是個外貌非常特別的黑人。我只在馬戲團裡見過黑人，他們會戴著羽毛和骨頭做的項鍊，或是類似的東西，但是這個人穿著時髦的禮服大衣、繫著大紅色的大領巾、戴著一頂用鮮豔緞帶裝飾的草帽，還撐著一把綠色的大雨傘。他全身上下都很帥氣，除了雙腳——因為他既沒穿鞋子，也沒穿襪子。

「不好意思，」他優雅的鞠躬說，「這艘船是杜立德醫生的嗎？」

「對，」我說，「你要找他嗎？」

「是的，如果方便的話。」他回答。

「請問你是哪位？」

水手問：「小子，你的老大呢？」

「我是邦波．卡布布，喬里金基國的王子。」

我立刻跑下船艙通知杜立德醫生。

「真巧啊！」杜立德醫生高喊，「我的老朋友邦波！哎呀，哎呀！大老遠跑來找我真是太客氣了，畢竟他在牛津大學讀書！」接著醫生就匆匆爬上梯子，招呼這位訪客。醫生上到甲板後，便熱切的和那個男人握手，這位奇怪的黑人似乎非常高興。

「我聽別人說，」他說，「你準備出航了，我就趕緊在你出發之前過來，沒撲空實在讓我欣喜萬分。」

「你的確差點撲空，」杜立德醫生說，「我們為了尋找出航所需的人手而延誤了，不然三天前就該出發。」

「這艘船還需要幾個人同行呢？」邦波問。

「只要再一個，」醫生說，「但要找到適合的人真不容易。」

「這是命運般的機會，」邦波說，「我適合嗎？」

「太好了，」醫生說，「但是你的學業怎麼辦？你不能就這樣離開，丟下大學學業不管啊。」

「我需要放個假，」邦波說，「就算不和你一起去，我也打算在這學期結束之後休息三個月……而且，與你同行不會影響我陶冶性情。我受人尊敬的父親在我離開喬里金基國之前告訴我，一定要多旅行；而你一心嚮往研究，我不能錯過和你一起到世界各地增廣見聞的機會。不行，絕對不行。」

「你在牛津過得怎麼樣?」醫生問。

「噢,還可以,還可以。」邦波說,「我很喜歡那裡的生活,除了代數和鞋子。代數讓我頭痛,鞋子則讓我腳痛。今天早上,我一出學院就把鞋子扔到牆外,也開始快樂的忘掉代數了。不過我喜歡羅馬哲學家西塞羅*,我覺得西塞羅很棒。對了,聽說他的後代明年要代表我們學院參加划船比賽,他是個很不錯的人。」

杜立德醫生若有所思的低下頭,盯著黑人赤裸的大腳一陣子。

「嗯,」醫生緩緩的說,「邦波,你說得有道理,除了在大學裡學習,也要到外面的世界學習。如果你真的想來,我們會很高興的。老實說,我認為你就是我們需要的那個人。」

* 編注:西塞羅(Marcus Tullius Cicero,西元前106年–西元前43年),羅馬共和國晚期的哲學家。

2 離開沼澤窪鎮

兩天之後，我們準備好啟程了。

吉卜苦苦哀求想加入這次的旅行，醫生最終妥協並同意讓他一起去；除了吉卜，同行的動物只有波妮和奇奇，達達則留下來管理屋子和照顧留在家中的動物家人。

當然了，我們不免俗的總會在最後一刻想起沒帶上的東西。所以當我們終於關上家門、走下階梯到馬路上時，手上都提著大包小包的東西。

前往河邊的途中，杜立德醫生突然想起湯鍋還放在爐子上煮，不過我們注意到一隻在庭院裡築巢的黑鳥正飛過，醫生便請她回去幫忙轉告達達。

我們在河堤遇到一大群為我們送行的人。爸爸跟媽媽就站在登船的跳板旁邊——希望他們不會讓我出糗或大哭一場，不過以父母親的反應來說，他們其實做得很好。媽媽要我別把腳弄溼，爸爸只是勉強擠出笑容，拍拍我的背並祝我好運。道別真是令人不舒服，所以結束時我很高興，我們也終於登上了船。

我們有點意外沒有在人群中看見馬修。我們以為他會出現，杜立德醫生還打算多叮嚀他送食物給家裡動物的事情。

經過幾番拉扯，我們總算起錨，也解開了很多纜繩。杓鷸號沿著河水緩緩往大海航去，河堤上的人都在揮舞手帕、為我們歡呼。

我們和一、兩艘駛入河流的船發生了碰撞，還卡在急轉彎處的河岸淤泥幾分鐘。岸上的人看到這種情況都很激動，但是杜立德醫生完全沒有被他們影響。

「再怎麼小心謹慎，還是會發生這些小意外，」醫生靠在船側，打算釣起把船撐離岸邊時陷進泥裡的靴子，「進入大海之後就簡單多了，那裡沒有這麼多東西可撞。」

一陣子之後，我們經過了入海口處的小燈塔，遠離了陸地。對我來說，駛入大海的感覺真的很棒，也很新奇、特別，因為往上看只有天空、往下看只有大海。在未來這麼多個日子裡，這艘船就是我們的房屋和街道，也是家和庭院，它在這麼寬廣的水域裡看起來是如此的渺小，這麼小卻非常舒適、令人滿足且安全。

我環顧四周，深深吸一口氣。醫生站在舵前駕駛這艘在波浪中緩緩起伏的船（我以為自己會暈船，不過很高興沒有）；醫生吩咐邦波到船艙為大家準備晚餐；船尾的奇奇一圈一圈的將繩子收好、堆放整齊；我的工作是將物品固定在甲板上，深入大海且天候不佳時，東西才不會滾來滾去；吉卜則是在船頭處豎起耳朵、伸長鼻子，像雕像般一動也不動，用那雙年邁但銳利的雙眼，機警的視察是否有漂浮的殘骸、沙洲和其他危險。

為了讓船好好的航行，每個人都有自己的工作，就連老波妮也在用浴缸溫度計測量海水溫度，以確保附近沒有冰山——醫生將溫度計綁在細繩上。我聽見她輕輕咒罵光線不足、看不見惱人的數字時，才發現我們已經航行好一段時間，天很快就要黑了——這可是我第一次在海上過夜呢！

3 船上的偷渡客

晚餐前，波邦從船艙爬上來，去找正在掌舵的杜立德醫生。

「貨艙有一位偷渡客，先生。」他的口吻很像從事航海業的人員，「我剛剛在麵粉袋後面發現他。」

「天哪！」杜立德醫生說，「真是麻煩！湯米，跟邦波一起下去帶他上來，我現在離不開舵輪。」

於是我和邦波下到貨艙，看見麵粉袋後面有個從頭到腳都沾滿麵粉的人。用掃把掃去他身上大部分的麵粉之後，我們發現他竟然是馬修。我們一邊打噴嚏一邊把他拖上樓，帶他到醫生面前。

「天哪，馬修！」杜立德醫生說，「你在這裡做什麼？」

「我實在受不了誘惑，醫生，」賣肉給貓吃的肉販說，「我常常要你帶我一起出航，但是你都不願意。這次，我知道你還需要再找一個人，所以就想，要是可以躲起來，出海之後你就會發現我很有用，願意讓我留下來了。不過，我必須跟那些麵粉袋擠在一起好幾個小時，結果風溼病就更嚴重了，我必須換個姿勢才行，但是當我伸展腿腳的時候，卻被這位非洲來的廚師發現。這艘船搖晃得真厲害啊！這場暴風持續多久了？

海上的溼氣大概會加重我的風溼病。」

「沒錯，馬修。你不該來的，你一點也不適合這樣的生活，也不會喜歡長途航行。我們會停靠彭贊斯，讓你上岸。邦波，聽好了：請到我樓下的床位找我的睡袍，口袋裡有一些地圖。請將小張的拿給我，上面用藍色鉛筆做了記號。我知道彭贊斯在左邊那個方向，但我得弄清楚那裡有什麼燈塔，才能改變航線，往海岸航行。」

「好的，先生。」波邦說，一邊伶俐的轉身、走向樓梯。

「馬修，」杜立德醫生說，「你可以從彭贊斯搭公車到布里斯托城，你知道那裡離沼澤窪鎮不遠。別忘了每個星期四要帶跟往常一樣多的糧食到我家，也要記得額外準備鯡魚給水貂寶寶。」

在我們等邦波拿地圖上來時，我和奇奇開始點燈，在船的右側點一盞綠色的、左邊點一盞紅色的、船桅點一盞白色的。

終於，我們聽見有人緩緩上樓的聲音，醫生說：「啊，邦波終於拿地圖來了！」但是我們都大吃了一驚，因為出現的不只有邦波，而是三個人。

「我的老天哪！這些人是誰？」杜立德醫生高喊。

「又有兩位偷渡客，先生。」邦波上前一步，輕快的說，「我發現他們在你的艙房裡，躲在床底下，一男一女。這是你的地圖，先生。」

「真是太超過了，」醫生無力的說，「是誰啊？燈光這麼暗，我看不見他們的臉。點個火柴吧，邦波。」

你們絕對猜不到是誰，是隱士路克和他的太太，而且路克太太看起來很不舒服，暈船暈得很嚴重。

他們向醫生解釋，在沼澤地的小屋安頓好之後，有好多人去拜訪他們（因為聽聞了那場偉大的審判），實在讓他們不堪其擾，便決定逃離沼澤窪鎮，到沒什麼人聽說過他們和那場審判的地方居住。但是他們沒有錢，所以沒辦法搭乘別的交通工具離開，而路克太太在開始航行之後就非常不舒服。

可憐的路克為此道歉了好多次，並說這一切都是他太太的主意。

杜立德醫生請人去拿醫藥包，讓路克太太聞聞嗅鹽，當她清醒之後，醫生便說最好的辦法是借他們一些錢，讓他們在彭贊斯和馬修一起上岸。醫生還寫了一封信讓路克帶在身上，請他交給醫生在彭贊斯鎮上的朋友，希望能幫路克在那裡找一份工作。

醫生打開錢包取出一些金幣。目睹了整件事情之後，停在我肩上的波妮小小聲的說：「又來了，他又把最後那一點點錢（三鎊十便士）借了出去，那可是我們整趟旅途僅剩的錢啊！這下船上一塊錢都沒有了，連郵票都買不起，要是錨斷了，或者得買一點船用的防水焦油時……嗯，我們就祈禱不會沒食物吃吧，他怎麼不乾脆把船給他們，回家算了？」

很快的，我們在地圖的幫助下改變了航線，往彭贊斯前進，路克太太也鬆了一大口氣。

我非常想知道，如何在夜裡只靠燈塔和羅盤的引導讓船進港。我只看見杜立德醫生靈巧的避開了所有岩石和沙洲。

晚間十一點左右，我們進入了康沃爾郡的小港口。杜立德醫生用杓鷸號上的小艇帶偷渡客上岸，並為他們找了間旅館住。醫生回來時，告訴我們路克太太已經好多了，也直接上床睡覺。

時間已過了午夜，於是我們決定在港口待上一晚，明天早上再出發。

這麼晚才睡覺實在非常有趣，但是能夠上床時我還是很高興。我爬到醫生上方的床位，蓋上毯子時，我發現手肘旁有一個舷窗，只要躺在枕頭上，不用抬頭就可以望出去，看著彭贊斯的燈光隨著下了錨的船和緩的上下起伏。這種感覺就像看著有趣的畫面，一邊在搖籃裡入睡。我才剛發覺自己很喜歡這樣的海上生活，便一下子進入了夢鄉。

4 消失的醃牛肉

隔天早上，優秀的廚師邦波為我們準備了有培根和腰子的美味早餐。當我們享用時，杜立德醫生對我說：「湯米，我在想啊。我是不是該在白角群島停靠，還是直接穿過海洋，前往巴西海岸。米蘭達說這段期間天氣非常好，至少會維持四週半。」

「嗯，」我說，一邊用湯匙舀出熱可可杯底的糖，「如果確定天氣會很好，最好直接過去。而且紫色天堂鳥也會留意我們的狀況，不是嗎？如果過一個月我們還沒有抵達，她會想知道我們發生了什麼事。」

「沒錯，你說得很有道理，湯米。不過，在白角群島停靠也非常方便，要是需要補給或修理東西，停在那裡會很有幫助。」

「從這裡到白角群島要多久呢？」我問。

「大約六天。」杜立德醫生說，「嗯，我們可以晚一點再決定，因為無論要去哪裡，接下來兩天的航線都一樣。如果你用完早餐了，我們就出發吧。」

上到甲板，我發現船四周都是灰白色的海鷗，他們在晴朗的早晨中飛掠盤旋，等待港口的船扔出殘羹剩飯。

大約七點半的時候，我們起錨揚帆迎向穩定的微風，而且這次出海沒有撞到任何東西。我們遇上了一批在夜間捕魚返航的漁船，那些船看起來就像排列整齊的士兵，紅棕色的船帆以同樣的角度傾斜著，白色的浪花也在船頭跳舞。

接下來的三、四天，一切都很順利，沒有什麼不尋常的事情。在這段時間，我們習慣了每日的工作，醫生也在閒暇時間教所有人如何掌舵、讓船保持在正確的航道上，還有風向突然改變時該怎麼做。我們把一天二十四小時分成三個時段，輪流睡八個小時，並在剩下的十六小時保持清醒，這樣隨時都會有兩個人在工作，讓船順利的行駛。

除此之外，波妮似乎一直都沒有睡覺，只在陽光下單腳站在舵輪旁邊打盹了幾次，她的航海經驗比我們都豐富，也很了解如何開船。只要有波妮在，沒有人可以在床上待超過八個小時。她會留意船上的時鐘，要是你多睡了半分鐘，她就會到艙房裡輕啄你的鼻子，直到你起床。

我很快就喜歡上這位黑人朋友邦波，他說話的方式崇高又華貴，不過總是有人踩到他那雙巨大的腳，或是被他的腳絆到。雖然他比我大好幾歲，也上過大學，但是不會對我指手畫腳。他一直都面帶微笑，讓大家保持愉悅的心情，所以我很快就發現，醫生決定帶邦波來的確很有眼光——儘管他一點也不了解航海或旅行。

出航的第五天早晨，我從杜立德醫生手上接過舵輪。這時邦波出現了，他說：「醃牛肉已經快吃完了，先生。」

「醃牛肉！」醫生大呼，「哇，我們帶了五十五公斤呢，不可能五天就吃完呀，怎麼會這樣？」

「不知道，先生，我每到儲藏室時都會發現少了一大塊，如果是老鼠吃掉的，那一定是一大群老鼠。」

在支撐船桅的繩索不斷爬上爬下、進行晨間運動的波妮插嘴說：「我們一定要搜索貨艙，要是這個狀況持續下去，不到一個星期我們就要挨餓了。跟我一起下樓，湯米，我們來處理這件事。」

於是我們來到儲藏室，波妮要我們停止動作、靜靜聆聽，我們便照做。沒多久，我們就聽到貨艙角落傳來清楚的鼾聲。

「啊，我就知道。」波妮說，「有個人，而且是體型龐大的人。你們兩個爬進去把他拖出來，他好像在木桶後面！天哪！我們好像把一半的沼澤窪鎮鎮民都帶來了，大家都把這艘船當成便宜渡輪，真是厚臉皮！把他拖出來！」

於是我和邦波點亮一盞提燈、爬過那些物品。我們在木桶後面發現有個體型龐大又蓄著鬍子的男人正在熟睡，臉上還帶著酒足飯飽的表情。接著，我們將他叫醒。

「怎麼回事？」他懶洋洋的說。

是班·布徹，那位能幹的水手。

氣急敗壞的波妮就像一串憤怒的鞭炮，她說，「太讓人崩潰了，竟然是我們最不希望出現在這裡的人。我的媽呀，真是個厚臉皮的傢伙！」

「我們是不是可以……」邦波建議，「趁這個無賴半夢半醒的時候，拿個重物敲他的頭，再把他從舷窗推到海裡呢？」

「不行，這樣會惹上麻煩。」波妮說，「你知道，這裡不是喬里金基國……真可惜！而且，舷窗也不夠寬，沒辦法把他推出去。把他帶上去見醫生吧。」

於是我們帶著那個人來到舵輪前，他摸了摸帽子對醫生以示尊敬。

「又有一位偷渡客，先生。」邦波俐落的說。

我以為可憐的醫生會大發脾氣。

「早安，船長。」那個人說，「能幹的水手班．布徹，在此隨你吩咐。我知道你會需要我，所以就擅自偷渡上來了——雖然這有違我的良心，但我就是不忍心看你和這些同胞出航，又沒有真正的水手能夠幫忙。要是我沒有來，你絕無法活著回家的。看看你的主帆吧，先生，前上方的角都鬆了，要是一陣狂風吹來，帆布就會被吹進水裡。幸好有我在，我們很快就能把這艘船打理好。」

「不，一點都不好，」醫生說，「簡直是不幸才對，我見到你一點也不開心，我在沼澤窪鎮時就說過，我不想讓你上船，你不該跟來。」

「可是，船長，」這位能幹的水手說，「沒有我，你無法駕駛這艘船，你不懂航海啊，看看船帆，你已經偏離一．五個方位點了。請原諒我這麼說，但是你獨自出航簡直是瘋了，先生，你會沉船的！」

「聽著，」杜立德醫生說，他的眼神變得嚴厲，「沉船對我來說不算什麼，我以前就沉過船，而且我一點也不擔心。當我出發前往某個地方，我就會抵達，你懂嗎？或許我不懂駕船和航海，但我還是能夠抵達。或許你是全世界最厲害的水手，但是在這艘船上，你既普通，又是個十足的麻煩——非常普通、非常麻煩。我準備停在最近的港口讓你上岸。」

「沒錯，」波妮說，「你該慶幸沒有因為偷渡和吃掉我們的醃牛肉而被關起來。」

「不知道我們該怎麼補足這個損失，」我聽見她悄悄對邦波說，「我們沒有錢再買東西了，醃牛肉是我們最寶貴的庫存。」

「要是我們把這位能幹的水手做成醃肉再吃掉，」邦波說，「會不會比較符合經濟效益？我想他的體重不止五十五公斤。」

「我說過多少次，這裡可不是喬里金基國，」波妮沒好氣的說，「這艘船上不會發生那種事情。不過，」她想了想後喃喃的說，「這個主意非常聰明，我想應該沒有人看見他上船吧……噢，天哪！我們連鹽巴都不夠，而且他吃起來一定有菸味。」

5 麻煩的水手與波妮的妙計

杜立德醫生要我來掌舵，他則拿著地圖開始計算，規畫了一條新的航線。

「大概還是得去一趟白角群島，」趁水手不注意時，醫生告訴我，「可怕的麻煩哪！我寧願游泳回沼澤窪鎮也不要聽那個傢伙一路碎碎唸到巴西。」

班・布徹的確是個糟糕的人，一般人被拒絕之後都會摸摸鼻子安靜下來，但是他卻沒有。班不斷在甲板上走動，指出我們做錯的地方。根據他的說法，這艘船上沒有一件事情做對了——拴錨的方式不對、艙門沒有往下綁緊、船帆不該從後面往前掛、繩結全都打錯了。

杜立德醫生要班閉嘴並且下去船艙，但是他拒絕了，還說只要他能在甲板多待一刻，就不會讓自己被這些蹩腳水手害死。這讓我們覺得有點不安，因為班非常高大，要是他失控，誰知道他會做出什麼事情。

我和邦波在船艙內的用餐包廂裡談論這件事，這時波妮、吉卜和奇奇都湊了過來，波妮也一如往常的想出了一個妙計。

「聽著，」她說，「我認為這個班・布徹肯定是個走私犯，是個壞人。記住，我看水手的眼光可是很準的，而且我不喜歡這個人的言行舉止。」

「妳真的認為，」我打斷她，「在沒有水手隨行的情況下，就讓醫生橫越大西洋安全嗎？」

發現我們所有事情都做錯了，讓我很不高興，我也開始猜想，要是遇上暴風雨該怎麼辦，尤其天堂鳥米蘭達說好天氣只會持續一段時間，而我們又被耽誤了這麼多次。但是波妮不以為然的把頭一仰。

「噢，老天保佑，孩子。」她說，「跟杜立德醫生在一起就代表『平安』，記住這件事，別去管那個水手的話。確實，醫生都做錯了，但是這在他身上並不重要。記住我的話，跟杜立德醫生一起旅行就會抵達目的地，你剛才也聽到他說了。我跟他一起出門好多次了，這點我很清楚。有時候抵達時船已經面目全非；有時候一切順利，但是一樣會抵達。當然，醫生還有另一個特別之處……」她深思熟慮的說，「就是他的運氣一向都非常好，他或許會遇到困難，但是困難遇到他最後似乎都會解決。記得我們有一次穿過麥哲倫海峽，風大得……」

「但是該拿班．布徹怎麼辦？」吉卜插話，「妳有妙計吧，波妮？」

「有，但是我怕他會趁醫生不注意時敲昏他，然後自己當杓鷸號的船長。壞心的水手有時候就會這麼做，接著用自己的方式駕船到他們想去的地方，這就叫做『叛變』。」

「沒錯，」吉卜說，「我們要快點行動。我們最快也要後天才會抵達白角群島，我不想讓醫生跟他獨處，他的氣味聞起來就是個壞人。」

「我已經想好了，」波妮說，「聽著，那扇門有鑰匙嗎？」

我們在餐廳外面找了找，發現確實有一把鑰匙。

「好，」波妮說，「讓邦波擺好午餐的餐具，然後我們就躲起來。十二點時，邦波會搖午餐鈴，班聽見了就會下來吃醃牛肉。這時候邦波必須躲在門外，等班在餐桌前就座，邦波就關門、上鎖，我們就抓到他了。怎麼樣？」

「真是太天才了！」邦波咯咯笑，「正如西塞羅所說：『虔誠的信徒因為鸚鵡而更團結。』我馬上就準備餐具。」

「好，出去的時候帶上櫃子裡的伍斯特辣醬，」波妮說，「別留下任何能吃的小東西，那個傢伙能挨三天餓的。而且，放他下船前先餓他一陣子，登上白角群島時，他比較不會找麻煩。」

於是我們都躲到走道間偷看。不一會兒，邦波就走到樓梯邊大力搖鈴，接著再跳到餐廳門後面。我們都保持不動，靜靜聆聽。

砰、砰、砰，能幹的水手班．布徹幾乎立刻就踩著沉重的腳步下樓。他走進用餐包廂，坐到杜立德醫生平常坐的餐桌主位、在下巴底下塞了餐巾，還發出期待的聲音。

接下來是一聲巨響，邦波大力的關門並上鎖。

「總算暫時解決他了，」波妮說，一邊從躲藏的地方走出來，「讓他去教餐櫃如何航海好了。天哪，他真是厚臉皮！說起對航海的了解，我忘記的都比那笨拙的粗人還多。上去告訴醫生這件事吧！接下來幾天要請你把餐點送到艙房裡了，邦波。」

波妮突然大聲唱起愉快的挪威航海歌，並爬到我的肩膀上，跟著我一起走上甲板。

6 白角群島上的有趣小鎮

我們在白角群島停留了三天。

明明趕著離開卻又停留這麼久，原因有兩個：第一是糧食不夠，因為那位能幹的水手胃口太好了。我們在盤點存糧並列出清單時，發現他不只吃了牛肉，還吃了很多其他的東西。我們沒有錢，所以非常苦惱該怎麼買東西。杜立德醫生翻了翻行李箱，尋找能賣掉的物品，但是只找到一隻舊手錶，錶的指針壞了，背蓋也凹陷了，我們認為這個東西只能讓我們買到半公斤的茶葉。邦波提議他到街上唱搞笑歌曲賺錢，因為他在喬里金基國學過一點點，但是醫生說島上的居民應該對非洲歌曲不感興趣。

另一個讓我們停留的原因是鬥牛。每個星期天，這些西班牙小島都會舉辦鬥牛活動。我們抵達時是星期五，擺脫了那位能幹的水手之後，我們就在鎮上漫步。

這個小鎮非常有趣，跟我見過的地方都不一樣。這裡的街道蜿蜒曲折又極為狹窄，寬度剛剛好只能讓馬車通過。房屋凸出的屋簷相距得非常近，閣樓裡的人探出窗戶就可以和對面的鄰居握手。杜立德醫生說這個小鎮非常、非常的古老，叫做「蒙特維德」。

我們沒有錢，所以也沒有去旅館或類似的地方。不過第二天晚上，我們經過了一間製床店鋪，發現店外的人行道上放了幾張製床師做的床，製床師還坐在門邊對著籠子裡的鸚鵡吹口哨，於是杜立德醫生便用西班牙語和他交談。醫生和製床師談論了鳥和其他事情，聊得很起勁，接近晚餐時，那個人要我們留下來和他一起用餐。

我們當然很高興，吃完晚餐之後（菜色很棒，大部分都是用橄欖油烹煮的，我最喜歡煎香蕉），我們又坐在外面的人行道上一直聊到深夜。

最後，當我們起身準備回到船上時，這位友善的製床師說什麼都不願意讓我們離去，他說港口附近的街道沒有什麼燈光，也沒有月光，我們一定會迷路。他邀請我們留下來過夜，隔天早上再回到船上。

我們還是同意了，不過由於這位好朋友沒有多餘的房間，杜立德醫生、邦波和我，三個人就睡在店鋪門前的床上——床就放在人行道上等生意上門。夜晚很熱，我們不需要蓋被子，就這樣睡在戶外。看著人們來來去去、體驗街道上歡樂的氣氛，真是有趣極了。在我看來，西班牙人似乎都不用睡覺，就算已經很晚了，附近的小餐館和咖啡店依然大門敞開，客人都在戶外的小桌子喝咖啡、開心的聊天，而遠方溫柔的吉他聲，也和碗盤輕輕碰撞的聲音、模糊的交談聲交織在一起。

不知道為什麼，這讓我想起了遠在沼澤窪鎮的爸爸媽媽，還有他們晚上的習慣。他們會在夜晚練習長笛和休息，每天都做著一樣的事情，我有點為他們感到可惜，因為他們錯過了在外旅行的趣味——我們一直都在做不一樣的事情，就連睡覺的方式也不一樣。不過，我想就算有人邀他們睡在人行道上的床鋪，他們也不會接受。有些人就是這樣，真有趣！

杜立德醫生用西班牙語和製床師交談。

7 杜立德醫生的賭約

隔天早上，我們被一陣喧鬧聲吵醒。街上出現了長長的人龍，是一些服裝豔麗的男人，後面還跟著一群投以仰慕之情的女人和發出歡呼的孩子，於是我問杜立德醫生他們是誰。

「他們是鬥牛士。」他說，「明天會有一場鬥牛賽。」

「什麼是『鬥牛』？」我問。

我驚訝的發現醫生氣得漲紅了臉，讓我想起他在自家動物園提到獅子和老虎的時候。

「鬥牛是一件愚蠢、殘忍又噁心的事，」他說，「西班牙人好客又討人喜愛，我實在不懂他們怎麼會喜歡這些討厭的鬥牛賽。」

醫生繼續解釋，說他們會逗弄一頭牛，激怒他後，讓他在圓形廣場裡奔跑，這時候會有男人拿著紅布出現，對他揮舞後逃走。接下來，他們會讓牛衝撞並且讓他殺害一些因為體弱、年老或受傷，而無法保護自己的馬匹，藉此消耗牛的體力。最後，在牛累得喘不過氣時，就會有人帶著劍上場，殺死那頭牛。

「每個星期天，」杜立德醫生說，「幾乎每一個西班牙大城鎮都會用這種方式殺掉六頭牛和馬匹。」

「人就不會被牛殺死嗎？」我問。

「不幸的是，這種狀況非常少。」他說，「牛就算生氣了，也不像表面上看起來那麼危險，只要你跑得夠快、沒有嚇得驚慌失措就行。這些鬥牛士非常聰明矯健，其他人都十分尊敬他們，尤其是西班牙的女人。在西班牙，知名的『鬥牛士』（西班牙語是『matador』）簡直比國王還重要呢……轉角又有一群人了，你看，女生都在對他們獻吻，真是荒唐！」

這個時候，我們的製床師朋友走出來觀看遊行隊伍。在他向我們道早安、問我們睡得如何時，他的一位朋友走了過來，製床師便向我們介紹這位名叫安立奎的朋友。

安立奎得知我們來自哪裡之後，便開始對我們說英語。他似乎受過良好的教育，為人很有紳士風範。

「你們明天會去看鬥牛吧？」他愉快的問杜立德醫生。

「絕對不會，」醫生堅定的說，「我不喜歡鬥牛這種殘忍又懦弱的表演。」

安立奎差點氣炸，我從來沒有見過這麼激動的人。他告訴醫生，他完全不懂醫生在說什麼，還說鬥牛是一種高尚的運動，而且鬥牛士是全世界最英勇的人。

「噢，鬼扯！」醫生說，「你們根本就不放過那些牛，你們的寶貝鬥牛士都是等牛暈頭轉向、累得半死之後才敢出手殺他。」

那位西班牙人頗為生氣，我還以為他會攻擊醫生。就在他氣急敗壞打算用言語反擊時，製床師走到他們之間，將醫生拉到一旁。他小聲對醫生說，安立奎是很重要的人，他的農場培育了一種既強壯又特別的黑牛，供白角群島所有鬥牛賽使用。製床師還說他非常有錢，是極為重要的大人物，絕對不能冒犯他。

製床師說完，我看向醫生，發現他眼裡一閃而過孩子般的淘氣眼神，似乎有了想法。他轉身對那位憤怒的西班牙人說：

「安立奎，」醫生說，「對你來說，鬥牛士英勇又身懷絕技。所以我說『鬥牛是糟糕的運動』似乎冒犯到你了。明天的鬥牛賽，你們最厲害的鬥牛士叫什麼呢？」

「佩皮托，」安立奎說，「最偉大的鬥牛士，也是全西班牙最英勇的人之一。」

「那好，」醫生說，「我有一個提議，我這輩子都沒有鬥過牛，明天佩皮托或是你指定的任何一位鬥牛士跟我一起進入圓形鬥牛場，要是我能讓牛耍出更多把戲，你願意答應我一件事嗎？」

安立奎仰頭大笑。

「老兄，」他說，「你一定是瘋了！你馬上就會沒命的，要經過好多年的訓練才能成為正式的鬥牛士。」

「要是我願意冒這個險呢？你該不會是不敢接受我的提議吧？」

那位西班牙人皺起眉頭。

「不敢？」他高喊，「如果你能在圓形鬥牛場打敗佩皮托，我什麼都答應你。」

「很好，」醫生說，「我知道你是這個群島上最有權力的人士，要是你願意終止明天之後的所有鬥牛賽，你也做得到吧？」
「對，」安立奎驕傲的說，「我可以。」
「這就是我要你答應我的——要是我贏了，」杜立德醫生說，「要是我能讓憤怒的牛耍出比佩皮托更多的把戲，你就要答應我，只要有你在的一天，你就要阻止鬥牛這個活動，以後白角群島不再舉辦任何鬥牛賽。就這樣說定了？」
西班牙人伸出手。
「就這樣說定了，」他說，「我答應你。但是我得提醒你，你這是在自尋死路，因為你一定會死。不過，既然你說鬥牛這項競技毫無價值，那有這種下場只是剛好。明天我會在這裡跟你碰面，確認一下你需不需要安排什麼事情。祝你今天愉快，先生。」
那位西班牙人轉身和製床師一同走進店裡，這時候，一如往常在旁邊聆聽的波妮飛到我的肩膀上，在我耳邊悄悄說：「我有一個妙計，跟邦波一起找個醫生聽不見的地方，我有話要跟你們說。」
我推了推邦波的手肘，接著一起走到對街，假裝觀賞珠寶店的櫥窗；醫生則是坐到床上、繫好靴子的鞋帶，那是他晚上睡覺時唯一脫下的東西。
「聽著，」波妮說，「我一直在想該怎麼弄到錢買存糧，都快想破頭了，現在終於有辦法了。」
「妳弄到錢了嗎？」
「不是啦，傻瓜，是賺錢的方法。聽著，醫生明天一定會贏，這點毫無疑問。我們要做的，就是藉機跟這些西班牙人多打幾個賭——他們很喜歡打賭，這樣就行了。」

「什麼是『打賭』？」我問。

「噢，這個我知道。」邦波驕傲的說，「以前牛津大學舉辦划船比賽的時候我們經常打賭，我會去跟安立奎說：『我跟你賭一百鎊，醫生會贏。』要是醫生贏了，安立奎就要給我一百鎊；要是醫生輸了，我就要給安立奎一百鎊。」

「就是這樣。」波妮說，「不過不要說一百鎊，要說三千比塞塔*，這裡都用這種貨幣。去找安立奎吧，記得擺出一副很有錢的模樣。」

於是我們再次穿越街道，溜進製床師的店裡，這時醫生依然忙著綁他的鞋帶。

「安立奎，」邦波說，「請容我做個自我介紹。我是喬里金基國的加冕王子，明天的鬥牛賽，你願意跟我小賭一把嗎？」

安立奎鞠了個躬。

「那當然，」他說，「非常樂意，不過我得提醒你，你一定會輸的。要賭多少？」

「噢，沒多少，」邦波說，「只是好玩而已，三千比塞塔如何？」

「我同意。」西班牙人說，並再次鞠躬，「明天鬥牛賽之後見。」

「這下搞定了，」波妮在我們走出去找醫生時說，「我覺得輕鬆了不少。」

---

*編注：西班牙地區舊時的法定貨幣。

8 盛大的鬥牛賽

隔天是蒙特維德的大日子，街道掛上了旗幟，到處都有穿著亮麗色彩的群眾湧向圓形鬥牛場，也就是鬥牛賽進行的地方。

杜立德醫生下戰帖的事情傳遍了小鎮，島上的居民似乎都覺得很好笑——一個外國人，也敢和偉大的佩皮托較量！死了也是活該！

醫生向安立奎借了一套鬥牛士的服裝，他穿起來的樣子非常豔麗好看，不過我和邦波花了好大的力氣才幫他扣上背心扣子，但鈕扣還是不斷爆開彈飛。

我們從港口出發、前往圓形鬥牛場時，一群小男孩追著我們跑，一邊取笑醫生胖嘟嘟的樣子，大喊：「胖胖鬥牛士，約翰．杜立德！」

我們抵達之後，醫生說他想在鬥牛開始之前看一下牛，於是我們馬上就被帶去牛棚。高高的欄杆裡有六頭巨大的黑牛，他們踏著沉重的腳步走來走去。

醫生匆匆的用話語和手勢告訴那些牛他打算怎麼做，也詳細的指示他們該怎麼配合。那些可憐的牛聽到鬥牛賽有機會停辦的時候，都高興極了，全都保證會按照醫生的指示去做。

帶我們到牛棚的人當然不知道我們在做什麼，看見醫生對牛比手勢、說牛語時，他只覺得這個胖嘟嘟的英國人瘋了。

醫生離開牛棚，進入鬥牛士的更衣室；我和邦波、波妮，則是前往圓形鬥牛場，在露天的席位就座。

現場非常歡騰，上千名男男女女穿著最時髦的服裝，看起來都非常開心快樂。

安立奎在開場時起身，向大家說明這場活動會先由一位英國醫生和佩皮托進行比賽，並說明要是醫生獲勝他得履行什麼承諾。不過大家都覺得醫生不太可能獲勝，當安立奎一提起這件事，現場就爆出笑聲。

佩皮托走進鬥牛場時大家都為他喝采，女人獻出飛吻，男人則是鼓掌並揮舞帽子。沒過多久，鬥牛場另一邊的大門打開，其中一頭牛衝了進來，門也隨後關上。鬥牛士立刻開始戒備，他揮舞紅布，牛也朝他衝了過去。佩皮托敏捷的跨向旁邊，大家又開始歡呼。

他反覆玩了這一招幾次，不過我發現，只要佩皮托快要沒有空間閃躲、看似快要被牛攻擊時，一直在附近徘徊的助手就會揮舞另一面紅布、吸引牛的注意，接著牛就會去追那位助手，讓佩皮托安全脫困。牛被助手吸引過去之後，助手常會跑向高高的圍籬、跳出鬥牛場逃命。這些鬥牛士顯然都安排好了，只要他們沒有摔倒，我不覺得那些可憐又笨拙的牛真的會為他們帶來多大的危險。

現場就這樣持續了大約十分鐘，接著，通往更衣室的小門打開了，杜立德醫生慢慢步進鬥牛場。穿著天藍色絲絨服裝的肥胖身軀一出現，大家都在座位上爆笑騷動。

他們用西班牙語喊醫生的名字，醫生也走到鬥牛場的中心，隆重的對在場的女士鞠躬，然後對牛鞠躬，也對佩皮托鞠躬。就在他對佩皮托的助手鞠躬時，他背後的牛朝他衝了過去。

「小心！小心！那頭牛！你會死的！」觀眾喊著。

但是杜立德醫生冷靜的鞠完躬，接著環抱著雙手並轉過身，直直瞪向衝過來的那頭牛，皺著眉頭露出可怕的表情。

接著，發生了一件奇怪的事情——牛的速度愈來愈慢，看起來就像在害怕醫生皺眉的樣子，而且很快就停了下來。醫生對牛搖搖手指，牛便開始顫抖，最後還夾著尾巴轉身跑走了。

觀眾都發出驚呼，接著醫生追了過去，在鬥牛場裡跑了一圈又一圈，一人一牛都喘得不得了。觀眾開始興奮的交頭接耳，這在鬥牛賽裡可是新鮮事，人竟然追著牛跑，而不是牛追著人跑。他們跑到第十圈時，這位英國鬥牛士，也就是杜立德醫生終於加快了速度、抓住了牛的尾巴。

醫生將害怕的牛帶到場中央，要他做出各種動作：用後腳站、用前腳站、跳舞、跳躍、滾來滾去。最後，醫生讓牛跪了下來，接著就在牛背上翻筋斗，還撐著牛角表演其他特技。

佩皮托和助手又氣又嫉妒，他們被觀眾徹底遺忘了。他們站在離我不遠的圍籬旁邊彼此低語，漸漸的心生嫉妒。

✈醫生撐著牛角表演特技。

最後，杜立德醫生轉身面向安立奎，鞠躬大聲說：「這頭牛已經不行了，他嚇得半死又喘不過氣，請把他帶走吧。」

「這位紳士需要另一頭牛嗎？」安立奎問。

「不，」醫生說，「我要的是五頭牛，請讓他們同時進場。」

觀眾爆出驚嚇的聲音，他們只看過一隻牛追著鬥牛士跑，現在居然要讓五隻牛上場！一定會出人命的。

佩皮托趕緊跳出來要安立奎拒絕，他說這完全違反了鬥牛的規定。（「哈！」波妮在我的耳邊笑，「就跟醫生的航海技術一樣，他完全不遵守規定，但是他都會抵達。如果他們同意，醫生一定會讓觀眾值回票價。」）現場開始了激烈的爭論，似乎有一半的人站在佩皮托那邊、一半的人站在杜立德醫生那邊。最後，醫生轉向佩皮托，對他行了一個極為華麗的禮，背心上的最後一顆鈕扣也彈了出來。

「嗯，這位紳士一定是害怕了。」醫生開口，露出淡淡的笑容。

「害怕？」佩皮托尖聲說，「我天不怕地不怕，我是西班牙最偉大的鬥牛士，我的右手可是殺過九百五十七頭牛呢！」

「那好，」醫生說，「就讓我們看看你能不能再殺五頭吧。放牛進來！」他大喊，「佩皮托不怕！」

牛棚沉重的門打開，可怕的寂靜籠罩了大型鬥牛場。接著，五頭牛一邊咆哮一邊躍進了鬥牛場。

「凶一點，」我聽見醫生用牛的語言對他們喊，「別散開，靠緊一點再衝過去。先衝向穿紫色衣服的佩皮托，不過看在老天的份上，別殺掉他，把他趕出場就好。全部一起，準備，衝啊！」

牛隻全都低頭排好隊伍，像騎兵部隊，穿過鬥牛場向可憐的佩皮托衝去。有那麼一刻，這位西班牙人努力裝出英勇的樣子，但是看見五對牛角朝他全速進攻實在太可怕了，他嘴唇發白、跑向圍籬，接著就躍過圍籬不見了。

「再換下一個，」醫生發出嘶嘶聲。不到兩秒鐘，那位英勇的助手就不見了，場上只剩下這位胖嘟嘟的鬥牛士杜立德，以及狂暴的五頭牛。

接下來的鬥牛賽實在很有看頭。首先，五頭牛都憤怒的在場邊用角不斷頂圍籬、刨沙子，想取人性命。接著，他們紛紛假裝是第一次見到杜立德醫生，並發出怒吼，還壓低了邪惡的牛角，準備像箭一樣飛越鬥牛場，把醫生撞飛到天上。

這實在太刺激了，即使我知道這是安排好的，但當我看見牛角就快要戳到杜立德醫生時，也屏住了呼吸，深怕醫生會喪命。但是就在最後一刻，就在牛角距離天藍色背心只剩五公分的距離時，醫生敏捷的跳到旁邊，而巨大的野獸轟隆隆的衝了過去，與他擦肩而過，絲毫沒有傷到他。

接著，五頭牛一起衝向杜立德醫生，將他團團圍住，用牛角攻擊他並發出怒吼，我都不知道醫生是怎麼逃出來的，因為有好幾分鐘的時間，他那圓滾滾的身軀都被混亂的牛頭、重踏的牛腳和亂甩的尾巴遮住了。波妮說，這是她見過最精采的鬥牛賽。

人群中有個女人異常激動，她對安立奎尖叫：「別鬥了！別鬥了！他太勇敢了，不該被殺死，他是全世界最勇敢的鬥牛士，讓他活吧，別再鬥了！」

但是醫生很快就擺脫暴動的牛群，他一隻一隻抓住他們的牛角，扭轉他們的頭，並將他們摔倒在沙地上。那些牛真的都非常配合，我可沒見過哪個馬戲團的動物能做得比他們更好。他們被醫生摔在地上喘氣，彷彿筋疲力盡、無力招架。

接著，杜立德醫生對女士們鞠了最後一次躬，再拿出口袋裡的雪茄，點燃後慢慢走出了鬥牛場。

9 逃離白角群島

杜立德醫生身後的門一關上，我就聽見了前所未有的吶喊聲。有些男人似乎很生氣（我猜是佩皮托的朋友），但是女士們不斷呼喊，要醫生再回到鬥牛場上。

過了一陣子，醫生又上場後，女士們似乎都為他瘋狂，她們獻上飛吻，還稱醫生為「親愛的」。接著，女士們摘下身上的花朵、戒指、項鍊和胸針，拋到醫生的腳邊。你絕對沒有見過這種景象，醫生簡直就像沐浴在珠寶和玫瑰花裡一樣。

但是杜立德醫生只是抬頭對她們微笑，再次鞠躬後又退了出去。

「邦波，」波妮說，「下去收集那些小東西吧，我們要把那些東西賣掉。偉大的鬥牛士都會這樣做——把珠寶留在地上，助手會去幫他們撿。我們不如就把握這個機會賺錢吧，跟醫生一起旅行，你絕對不知道什麼時候會需要錢。別管那些玫瑰，你可以把它們丟掉，但可別丟下戒指。收集完之後，再去找安立奎拿三千比塞塔，我和湯米會在外頭跟你碰面，然後我們就把這些華麗的東西拿去製床師對面的珠寶店典當。快去吧，記得什麼都別跟醫生說。」

鬥牛場外，我們發現人群依然非常興奮，到處都有人在激烈的爭論。邦波口袋鼓鼓的來找我們，我們便慢慢穿過密密麻麻的人潮，走向更衣室所在的那一側，而杜立德醫生已經在門邊等我們了。

「幹得好，醫生！」波妮說，一邊飛到醫生的肩膀上，「幹得好！不過聽我說，我覺得這裡有點危險，你最好趕緊上船，而且要保持低調。穿起大衣遮住那套讓人眼花撩亂的服裝吧，我覺得這些人不大對勁，超過一半的人都很生氣你贏了。這下安立奎得終止鬥牛賽，你也知道他們有多熱中這件事。我擔心有些心生妒火的鬥牛士可能會做出不好的事情，現在是我們逃走的大好時機。」

「我想妳是對的，波妮，」醫生說，「妳通常都是對的，這些人似乎真的有一點鼓譟。我自己偷溜上船、在那裡等你們，這樣才不太引人注意。你們走另一條路吧，不過別耽擱太久，快！」

等醫生離去後，邦波就去找安立奎，並說：「尊貴的先生，你欠我三千比塞塔呢。」

安立奎不發一語，但是不高興的斜瞪著眼，把錢付了。

接著，我們在路上攔下一台計程車，打算坐車去買糧食。我們發現不遠處有一間雜貨店，裡面有各式各樣的食物，於是便進去買下了這輩子都沒見過的大量食物。

波妮說我們有危險，確實是真的。我們獲勝的消息以迅雷不及掩耳的速度傳遍了小鎮，就在我們走出雜貨店、把貨搬上計程車時，我們看見一批又一批的人憤怒的在街上搜索，他們一邊揮舞棍子一邊喊：「英國人呢？那些讓鬥牛賽停辦的可惡英國人在哪裡？把他們吊在路燈上！把他們扔到海裡！英國人呢？我們要找英國人！」

可以肯定的是，接下來我們沒有浪費一分一秒。邦波一把抓住那位西班牙計程車司機，比手畫腳的跟他說：要是不以最快的速度開向港口並且全程閉嘴，就要掐死他。接著，我們便跳上裝滿食物的計程車，關上門後拉下簾子，揚長而去。

「我們沒機會典當那些珠寶了，」波妮說，這時我們正在鵝卵石鋪的街道上顛簸前進，「不過算了，說不定珠寶以後還派得上用場，而且我們還有花剩的兩千五百比塞塔。車資別付超過兩塊五毛錢，邦波，這個價錢才對，我很清楚。」

我們順利抵達港口，也很高興醫生已經派猴子奇奇划小艇到岸邊等我們了。

不巧的是，我們把貨搬上小艇時，那些生氣的群眾也來到了碼頭，朝我們衝來。邦波抄起一旁的大木條，在頭邊一圈又一圈的揮舞，還發出可怕的非洲戰吼，嚇得他們不敢靠近。我和奇奇趕緊將剩下的貨搬完，然後爬上小艇。這時候，邦波把木條扔向那些西班牙人，也跳了進來。我們把船撐離岸邊，拚命划向杓鷸號。

岸上的暴徒發出怒吼，揮舞拳頭並對我們丟石頭和各種東西。可憐的邦波被瓶子砸中了頭，不過他的頭很硬，只腫了一小塊，那個瓶子則碎成了千千萬萬片。

我們划到杓鷸號旁邊時，杜立德醫生已經起錨並調整好船帆，一切就緒準備逃走了。我們回頭望，看見有船隻從港口海堤航出，打算來追我們，船上載滿了又怒又吼的人，所以我們沒有把貨搬下小艇，只用繩子將小船綁在船尾，接著跳上杓鷸號。沒花多久的時間，我們就讓杓鷸號轉成迎風的方向，加速出港，前往巴西。

我們全都倒在甲板上休息喘氣，波妮則嘆了一聲：「哈！這段冒險還不錯，讓我想起了從前和走私犯一起航海的日子……天哪，那種日子真痛快！邦波，等醫生幫你抹一點草藥之後，就不用擔心你的頭了。我們就這麼死裡逃生，帶著一艘裝滿存糧的小船，口袋裡還有滿滿的珠寶和幾千元比塞塔。不錯喔，不錯！」

Part 4

危險的
海上旅程

1 再探貝類的語言

紫色天堂鳥米蘭達說，好天氣會維持一段時間，而她預測對了。有三個星期，杓鷸號都迎著穩定的強風，在宜人的海面上乘風破浪。

我想，真正在航海的水手應該會覺得這段航行很無趣，但是我不這麼認為。在我們往南和往西行的過程中，大海的面貌似乎每天都不一樣。在充滿渴望的我眼裡，航海老手不太在乎的航行小事都有著極大的趣味。

我們遇到的船不多，真的遇到時，杜立德醫生就會拿出望遠鏡讓我們瞧瞧。有時候，他會將各色的小旗拉到船桅上，藉此向對方打信號，詢問他們一些消息，而對方也會用同樣的方式回應我們。醫生的艙房裡有一本書，上面印有這些訊號所代表的意思，他告訴我，這是海上的語言，所有航行者都會，無論船隻來自英國、荷蘭，還是法國。

在那幾週，我們遇過最重大的事情就是碰上了一座冰山。陽光打在冰山上，噴發出上百種顏色，就像童話故事裡由珠寶打造的宮殿那樣閃閃發亮。我們從望遠鏡裡看見一隻北極熊媽媽和一隻小熊坐在冰山上看我們，杜立德醫生認出了她，也就是醫生探索北極時說過話的其中一隻北極熊，於是醫生把船駛近冰山，並說如果她願意，可以用杓鷸號載她和寶寶一程。不過她搖搖頭向醫生道謝，說甲板上對寶寶來說太熱了，因為沒有冰可以讓腳降溫。那天的確非常的熱，但是離冰山這麼近，還是讓我們都立起了大衣領子、在低溫中發抖。

那段安靜平和的日子裡，我在杜立德醫生的幫助之下大大增進了讀書和寫字的能力。我進步得非常快，他還讓我寫航海日誌呢！航海日誌是一本很大的書，每一艘船上都有，就像日記，會記錄航海的里程、航線方向和所有發生的事情。

空閒時，杜立德醫生幾乎都在書寫——不過是寫在他的筆記本上。由於我已經會認字了，所以有時候會偷看一下，但是要看懂醫生的筆跡實在很困難。這些筆記很多都是關於海上的事情，有六本厚厚的筆記全都是有關海草的資料和素描，有些記錄海鳥、有些記錄海洋蠕蟲、有些則是記錄貝類。總有一天，這些東西都會像一般的書本那樣被重新書寫整理、印刷並裝訂成冊。

有天下午，我們看見大量東西漂浮在周圍，像是死去的草，醫生告訴我那是馬尾藻。過了一會兒，它們變得非常的厚，視線範圍內的海面都被它覆蓋了，這讓杓鷸號看起來就像在草地上移動，而不是在大西洋上航行。

我們看見很多螃蟹在這些海藻上爬行，這幅景象讓醫生想起了學習貝類語言的夢想。他用網子撈了幾隻螃蟹上來，放進用來聽動物說話的水缸，看能不能聽懂他們的話。有一隻長得很奇怪、圓滾滾的小魚被夾帶在螃蟹之中，醫生說那叫做「銀魚」。

醫生花了一點時間聽螃蟹說話，不過沒有成功，接著就把銀魚放進水缸，開始聽他說話。可惜我必須離開，到甲板上完成我所負責的工作，但是沒過多久，我就聽見醫生在船艙大喊，要我下去。

「湯米，」他一看見我就高呼，「不得了了——真是不敢相信——我是不是在做夢——真不敢相信我聽到了什麼——我……我……我……」

「怎麼了，醫生，」我說，「什麼事？發生什麼事？」

「銀魚，」他悄悄的說，一邊用顫抖的手指著水箱，那隻圓圓的小魚依然靜靜的游著，「他竟然說英語！而且……而且……而且會哼歌——英文歌！」

「說英語！」我高呼，「哼歌！哇，不可能吧！」

「是真的，」醫生說，他激動得臉色發白，「只有幾個字，不連貫，也沒有特別的意思，而且都跟他自己的語言混在一起，我還聽不出來那是什麼語言，不過真的是英文，除非我聽力有問題。還有他哼的歌，我聽得很清楚，都是同一段旋律。你聽聽看，告訴我聽到了什麼。全部都要告訴我，別漏掉任何一個字。」

我走到桌上的水缸前面，醫生則抓起筆記本和鉛筆。我站在醫生用來墊腳的木箱上，拉下衣領將右耳泡進水裡。

一開始我什麼都沒有聽見，只有另一隻耳朵聽見醫生沉重的呼吸聲，他在等我的回應，緊繃又焦急。最後，我聽見水裡傳來了單薄得不可思議的小聲音，聽起來就像有個孩子在很遠很遠的地方唱歌。

「啊！」我說。

「是什麼？」醫生用嘶啞又顫抖的聲音悄悄問，「他說什麼？」

杜立德醫生說：「他竟然說英語！」

「我聽不太出來，」我說，「大部分是奇怪的魚類語言……等等！我聽懂了——『禁止吸菸』……『天哪，這個好奇怪！』……『這裡有爆米花和明信片』……『出口在此』……『請勿吐痰』——這些話好奇怪喔，醫生！等等！他開始哼歌了。」

「是什麼歌？」醫生倒抽了一口氣。

「〈約翰．皮爾〉。」

「啊哈！」醫生高呼，「我也覺得是這首。」接著他就在筆記本上瘋狂書寫。

我繼續聆聽。

「真是太了不起了，」醫生不斷喃喃自語，一邊用鉛筆在書頁上到處寫，「太了不起了——不過還真是嚇人，不知道他是在哪裡……」

「還有，」我高呼，「又是英語了……『這個大水缸該洗一洗了』……就這樣，他又開始說魚的語言了。」

「大水缸！」醫生困惑的皺眉低語，「不知道他是從哪裡學……」

醫生從椅子上跳了起來。「我知道了，」他大喊，「這隻魚是從水族館逃出來的！啊，當然了！你聽聽他學到的東西：『明信片』——水族館裡都有賣；『請勿吐痰』、『禁止吸菸』、『出口在此』——這些都是工作人員會說的話。還有，『天哪，這個好奇怪！』就是大家往魚缸裡看時會說的話，一切都太合理了。肯定是這樣，湯米，我們抓到了一隻逃跑的魚，而且很有可能，我無法確定，但是很有可能，我可以透過他跟貝類建立溝通的管道，真是太幸運了！」

2 會說話的小銀魚

於是，杜立德醫生重拾了學習貝類語言的嗜好，而且停不下來，整晚都在工作。午夜過後，我在椅子上睡著了；半夜兩點，邦波在舵輪前睡著了，所以杓鷸號有五個小時的時間都在隨意漂流。但是杜立德醫生繼續他的工作，盡最大的努力了解銀魚的語言，也想盡辦法讓銀魚聽懂他說的話。

我醒來時已經是大白天了，醫生依然站在水缸前面，看起來整晚都沒睡，而且全身溼淋淋的，但是臉上卻揚著驕傲又快樂的笑容。

「湯米，」一看見我醒來，他便說，「我做到了，我已經掌握銀魚的語言了。這種語言非常困難，跟我以前聽過的都不一樣，我唯一能稍微聯想到的就是古希伯來語。雖然他不是貝類，但是我已經跨出一大步了。接下來，我要你拿鉛筆和一本新的筆記本，把我說的都寫下來。銀魚答應我要說說他的故事，我會翻譯成英文，由你來記下。準備好了嗎？」

杜立德醫生再次把耳朵泡進水裡，他開始說，我也開始寫。以下就是銀魚告訴我們的故事：

在水族館的那十三個月……

「我出生在太平洋的智利沿海附近，我們家有兩千五百一十隻魚，我們這些孩子在爸媽離開後就分散了。我們家是被一群鯨魚給拆散的，我和我的妹妹克莉琶（她是我最喜歡的妹妹）都僥倖逃過一劫。一般來說，如果你很會閃躲，要擺脫鯨魚的追殺並不困難，只要突然改變前進方向就可以了。但是那隻追我和克莉琶的鯨魚非常壞，每當我們躲到石頭底下、他抓不到我們時，他都會不斷回來尋找，把我們逼進開闊的水域。我從來沒有見過這麼討厭又死纏爛打的壞蛋。

「不過，我們最後還是甩掉他了，只是那時候我們被他折磨已久，往北逃了好幾百公里，來到南美洲西部海岸。那天我們運氣不好，就在我們休息喘氣時，另一群銀魚家族匆匆游過，一邊大喊：『快逃啊！角鯊來了！』

「角鯊特別喜歡銀魚，我們可以說是他們最喜愛的食物，所以，我們平常都會避開泥沙很多的深海。還有，要逃離角鯊的追捕並不容易，他們快得可怕，也是很聰明的獵殺者，所以我們只好再次逃命。

「我們游了幾百公里之後回頭看，發現角鯊愈追愈近，於是我們轉彎進入一座港口，那裡剛好是美國西部沿海港口，而我們猜角鯊不太可能繼續追過來，也如此希望著。結果他們完全沒看見我們轉彎，繼續往北衝去，我們也沒再見到他們。真希望他們凍死在北極海。

「不過，就像我剛才所說的，我們那天運氣不好。我和妹妹在港口輕輕游著，到下錨停泊的船附近尋找美味的橘子皮時……咻！砰！我們被網子給困住了。

「我們拚命掙扎，但是一點用都沒有。那張網織得很密，也很堅固，一陣甩動和翻滾後，我們被拉到船邊，接著就重重的摔在甲板上，暴露在高溫又乾燥的正午炙熱陽光下。

「幾個留著鬍鬚、戴眼鏡的老人在我們頭上彎腰查看，發出奇怪的聲音。一起被打撈上來的還有一些煤塊，老人把煤塊丟回海裡，但是認為我們很有價值。他們小心翼翼的把我們放進一個大罐子，帶我們上岸、來到一間大房子，再把我們放進裝滿水的玻璃缸。這間房子位在港口邊，有一道細細的海水流過玻璃缸，讓我們能好好呼吸。我們當然沒有住在玻璃牆裡的經驗，所以一開始都想穿過去，卻全速撞上玻璃，吻部痛得不得了。

「接下來，一週一週的時光都無聊得讓我們厭煩。他們對我們還不錯——雖然他們懂得不多。戴眼鏡的老先生每天都會得意洋洋的來看我們兩次，確認我們有適合的食物、適量的陽光，水溫不會太冷也不會太熱。但是，噢，這樣的生活實在好無趣啊！我們好像只是展示品。每天早上，這棟房子的大門都會在固定的時間打開，城裡無所事事的人就會走進來看我們。在那個大房間裡，牆邊還有其他水缸，裡面有不同種類的魚，人們會從這一缸移動到下一缸，在玻璃外張嘴看著我們，就像遲鈍的比目魚。我們很討厭這樣，所以都會用張嘴的模樣回敬他們，他們似乎都覺得非常好笑。

「有一天，妹妹跟我說：『哥哥，你覺得抓住我們的人會說話嗎？』

「『當然，』我說，『妳沒發現有些人只用嘴巴說話，有些人用整張臉，有些人用手交談嗎？他們離玻璃缸很近的時候，我聽得見呢，妳聽！』

「那時候，有個比別人都胖的女人把鼻子靠在玻璃上，指著我，然後對她身後的孩子說：『噢，你看，這個好奇怪！』

「後來我們發現，往水缸裡看的時候，他們幾乎都會說這句話，所以有很長一段時間，我們以為人類的語言就是這樣、人類的想法就是如此簡單。為了度過這種討厭的時光，我們便把『噢，你看，這個好奇怪！』這句話記了起來，但是我們不知道那是什麼意思。我們倒是知道其他句子的意思，甚至還學會了一點點人類使用的文字。那裡的牆上有很多大大的標語，當我們看見管理員指著標語，一邊阻止別人吐痰和吸菸時，我們就知道那些字是『禁止吸菸』和『請勿吐痰』的意思了。

「晚上，當人潮都離去之後，有一條木頭義肢的老先生便會拿掃把清理花生殼，還會一邊用口哨吹某一首歌。我們很喜歡那首歌的旋律，所以也記了下來，認為那也是人類的語言。

「於是，我們在那個沉悶的地方過了一年，有時會有新的魚被放進其他水缸，有時舊的魚會被帶走。一開始，我們都期望只會在這裡待一陣子，等他們觀賞夠了，就可以回到大海、重獲自由。但是一個月一個月的過去，完全沒有動靜，我們待在玻璃做的牢房，心情愈來愈沉重，也愈來愈少跟彼此說話。

「有一天，大房間裡的人潮非常多，一個臉紅紅的女人因為高溫昏了過去，透過玻璃，我發現其他人都非常激動——雖然在我看來，這件事情並不重要。他們對她澆了一點冷水，再帶她到戶外。

「於是我開始認真思考，沒多久就想到了一個好主意。

「『妹妹』，我對可憐的克莉琵說，當時她正在牢房底部生悶氣，那些小孩擠在水缸周圍，而她正試著躲在一顆石頭後面，逃避他們愚蠢的目光，『要是我們假裝生病，妳覺得他們會不會也帶我們離開這間讓人窒息的屋子呢？』

「『哥哥，』她無力的說，『也許吧，但他們最有可能把我們丟到垃圾場，我們就會被太陽晒死。』

「『可是，』我說，『港口這麼近，他們何必跑去垃圾場呢？被帶來這裡的時候，我看見很多人都把垃圾丟進水裡，只要他們也這樣丟掉我們，我們很快就可以回到大海了。』

「『大海！』可憐的克莉琵喃喃的說，眼神飄向遠方（我妹妹的眼睛很漂亮），『聽起來真像一場夢啊，大海！噢，哥哥，你覺得我們還能在大海裡游泳嗎？每天晚上，當我清醒的躺在這個邪惡牢籠的地板上時，大海溫暖心靈的聲音都在我的耳朵裡嗡嗡作響，我多麼渴望大海啊！真想再感受一次那美好、寬廣又生氣勃勃的家！真想跳躍，從大西洋海浪的最高點躍起，在信風吹散的浪沫中大笑，再沉入藍綠色的漩渦浪谷裡！』

「『真想在夏天傍晚追逐蝦群，那時天空會是紅色的，光線照進泡沫裡都變成了粉紅色！真想躺在正午的赤道無風帶平靜的海面上，讓熱帶的陽光溫暖你的肚子！真想再次跟你手牽手，一起穿過印度洋那片巨大的海草森林，尋找美味的魚卵！真想在一座座的珊瑚聚落城堡中玩捉迷藏，城堡的窗戶都是珍珠和碧玉，在南美洲北部的海床上閃閃發亮！』

「『真想到南海花園後面的低地，在暗夜藍和紫灰色的海葵原野上野餐！也想在墨西哥灣由海綿鋪成的彈力海床上翻筋斗！想在沉船裡閒逛，看看裡面有什麼驚奇和冒險！然後當強勁的東北風在冬夜裡將海水打成泡沫時，不斷的游往深處避寒、游到溫暖又黑暗的水域，再繼續往下游，直到看見紅紋刺鰍在深處發出一閃一閃的亮光，親朋好友就圍坐在那裡的石穴議場聊天……聊天啊，哥哥，聊海裡的新鮮事和八卦！噢——』

「然後，她的情緒就徹底崩潰了，一邊吸著鼻子。

「『別說了！』我說，『妳讓我想家了。聽我說，我們就假裝生病吧——乾脆假裝死掉，這樣更好，然後看看會怎麼樣。被丟進垃圾場、被太陽烤乾，也不會比待在這個臭臭的監獄裡差。妳覺得怎麼樣？妳願意冒險嗎？』

「『我願意，』她說，『非常樂意。』

「於是，隔天早上，管理員就發現兩隻銀魚浮在水缸水面上，身體僵硬死掉了。我們真的把魚死掉的樣子學得很像——雖然是在自責自誇。管理員跑去找那位戴眼鏡、留鬍鬚的老先生，他們看見時都非常錯愕。他們把我們從水裡撈起來，放在溼布上——這是最困難的部分，如果你是一隻離開水的魚，就得不停張嘴和閉嘴以保持呼吸，而且即使這麼做，也無法維持太久。在這段時間裡，我們必須讓身體硬得像木棍，再用半閉的嘴偷偷呼吸。

「那位老先生又是戳、又是摸、又是捏的，我以為他們會沒完沒了。接著，有一隻貓在他們轉過身時跳到了桌上，差點就吃掉我們，幸好老先生即時轉回來，把她趕走了。你一定想得到，我們趁他們不注意時吸了幾口氣，也只有這樣，我們才沒有窒息。我想偷偷對克莉琶說要勇敢、堅持下去，但是我做不到，你知道的，因為魚的說話聲大多都是聽不見的，就連大喊也不行，除非是在水裡。

「然後，就在我們快要放棄、承認我們其實還活著的時候，其中一位老先生難過的搖搖頭，抓起我們並走到外面的世界。

「『總算啊！』我心想，『命運很快就要揭曉了，不是自由，就是進垃圾桶。』

「我們在外面怕得不得了，因為他直接走向一個燒東西的大桶子，那個東西就放在庭院另一頭的牆邊。不過令人高興的是，就在他穿過庭院時，有個髒兮兮的人駕著馬和拖車出現，把燒東西的桶子拿走了，我想那個桶子可能是他的。

「接著，那位老先生東看西看，想找個地方把我們丟掉。他似乎想把我們丟在地上，但是又覺得這樣會弄髒庭院，所以猶豫了一下，這番遲疑實在太折磨我們了。他接著走到庭院大門外，當我看見他準備把我們丟在路邊的排水溝時，我的心情頓時又沉了下去。不過那天我們的運氣真的很好，一個穿有銀鈕釦藍衣服的高大男人，在緊要關頭阻止了他。從那個人訓誡他並揮舞粗短棍子的樣子來看，把魚丟在路上顯然是違規的。

「終於，老先生轉身離開，帶我們走向港口，我們都開心得說不出話。他走得好慢好慢、不斷喃喃自語，眼睛還盯著逐漸離去的那位藍衣服男人。我好想在老先生的手指上咬一口，讓他加快腳步，我和克莉琵真的只剩最後一口氣了。

「最後，他來到海堤，看了我們最後一眼，然後把我們丟進港口的水裡。

「當溼鹹的海水沒過我們的頭，我們感受到了從沒體驗過的興奮感。我們將尾巴一擺，立刻動了起來。看到這一幕，老先生吃驚得掉進了水裡，還差點壓到我們，但是他被水手用帶鉤的船竿救了起來。我們看了他最後一眼，當時他正被穿藍衣服的男人揪著衣領拖走，還被訓誡了一番。很顯然，把死魚丟進港口也違反了市鎮的規定。

「而我們呢？我們哪有空去管他惹上的麻煩？我們自由啦！自由得高速跳躍、以弧線向前衝、瘋狂的左彎右拐，一邊高呼吶喊發出開心的尖叫，並且快速的游向家和開闊的大海！

「這就是我的故事，我會像昨天晚上答應的那樣，試著回答你們有關大海的問題，條件是結束之後你們要放我自由。」

醫生：「大海之中，有比『內羅海淵』更深的地方嗎？我說的內羅海淵，在關島附近。」

銀魚：「那當然，亞馬遜河的出海口附近有一個地方比它深很多，不過很小也很難找到，我們都叫它『深洞』。南極海也有一個。」

醫生：「你會說任何一種貝類的語言嗎？」

銀魚：「不會，一個字都不會，像我們這樣的普通魚類跟貝類沒有關係，我們覺得他們比較低等。」

醫生：「可是你靠近他們的時候，還是可以聽見他們說話的聲音吧？就算不一定聽得懂他們在說什麼？」

銀魚：「只有靠近很大的貝類時才可以，貝類的聲音都很微小，其他種類的生物幾乎聽不見。但是大型貝類就不一樣了，他們會發出隆隆作響的悲傷聲音，很像拿石頭敲金屬水管的聲音，只不過沒那麼大聲。」

醫生：「我很想前往海底，去那裡做研究，但是你也了解，我們這種陸生生物無法在水裡呼吸，你知道有什麼辦法可以幫助我嗎？」

銀魚：「要解決你的困難，最好的辦法就是去找葛拉斯巨型海蝸牛。」

醫生：「呃——那是誰，或者我該說，葛拉斯巨型海蝸牛是什麼？」

銀魚：「他是巨大的海生蝸牛，是峨螺家族的一員，但是他跟大房子一樣大。他說話很大聲——如果他有開口的話，不過這很少見。他可以到達海裡的任何一個地方，無論有多深，因為他不怕海裡的所有生物。他的殼是透明的珍珠母，所以看得見裡面，不過又厚又硬。他不待在殼裡的時候，就會把空殼揹在背上，那個殼裝得下一輛馬車和兩匹馬，有魚見過他在旅行時把食物裝在殼裡面。」

醫生：「我覺得這就是我要找的動物，他可以把我和我的助手放在他的殼裡，這樣我們就可以安全的探索大海最深的地方了。你可以幫我找到他嗎？」

銀魚：「哎呀！沒辦法，如果找得到的話我當然願意，可是一般的魚很少見到他。他住在深洞的底部，很少出來，而且深洞裡面的水很混濁，我們這些魚都不敢過去。」

醫生：「天哪！真令人失望，海底下有很多這種巨型海蝸牛嗎？」

銀魚：「噢，沒有，他是僅存的一隻，他的第二任妻子在很久很久以前就過世了，所以他是最後一隻巨型貝類。他是古早時期的動物，那時候鯨魚還在陸上生活呢，大家都說他已經七萬歲了。」

醫生：「老天哪，那他一定可以告訴我很多很棒的事情！真希望我可以見到他。」

銀魚：「你還有問題要問我嗎？水缸裡的水溫愈來愈高，快讓我生病了，如果你沒有別的事情，我想趕快回到大海。」

醫生：「還有最後一件事：哥倫布在一四九二年橫渡大西洋時，將兩本日記封在木桶內並丟進大海，其中一本一直沒有被找到，一定是沉到海底了，我希望可以將它納入我的藏書，你知道它在哪裡嗎？」

銀魚：「我知道，它在深洞裡。下沉的木桶被洋流往北帶，經過了我們稱為歐里諾科坡的地方，最後消失在深洞。如果是其他地方，我會試著幫你找找看，但是那裡不行。」

醫生：「嗯，差不多了。真不想放你回海裡，因為只要你回到海裡，我一定就會想到一堆問題想問你，不過我一定要信守承諾。在你離開之前，有什麼想要的嗎？今天似乎很冷，要來點餅乾屑之類的東西嗎？」

銀魚：「不了，我不想待太久，我只想要新鮮的海水。」

醫生：「你告訴我這麼多事情，真是感激不盡，你幫了我很大的忙，而且很有耐心。」

銀魚：「千萬別這麼說，能幫助了不起的杜立德醫生是我莫大的榮幸。我想你一定知道，你在高等魚類圈裡非常有名。再見！祝你好運，祝你的航行和計畫一切順利！」

杜立德醫生捧著水缸走到舷窗旁，接著打開窗戶將銀魚倒入大海。

「再見啦！」醫生喃喃的說，窗外的小水花也濺到了我們身上。

我把鉛筆放到桌上，嘆一口氣並靠在椅背上。我的手指因為書寫太久而僵硬無比，彷彿手掌再也無法攤開，不過至少我剛剛已經睡了一覺。但是可憐的杜立德醫生累得半死，差點無法將水缸放回桌上。他倒在椅子上、閉上眼睛，並且開始打鼾。

波妮在外面的走道上生氣的抓門，於是我起身放她進來。

「真是太棒了！」她怒氣沖沖的說，「這艘船是怎樣？甲板上的傢伙在舵輪底下睡覺，醫生在這裡睡覺，而你竟然用鉛筆在寫字本上打洞穿線裝訂！是覺得這艘船會自己航向巴西嗎？我們就像在海上漂流的空瓶，而且航程還落後了一個星期，你們是怎麼回事？」

她氣得聲音都高了八度，不過這點聲音是吵不醒醫生的。

我小心翼翼的把裝訂好的筆記本放進抽屜，上樓掌舵。

3 可怕的暴風雨來臨

我將杓鷸號轉回正確的航線時，我發現了一個奇怪的現象——我們的速度變得比之前慢，順風幾乎消失了。

我們一開始並不擔心這件事，覺得風隨時會再吹起來。但是一整天過去，接著過了兩天、一個星期、十天，風都沒有變大，杓鷸號就這樣龜速前進。

這下杜立德醫生開始緊張了，他不斷查看六分儀（一種能讓你知道自己身處海中哪個位置的儀器）量測並計算，也不斷看地圖、測量地圖上的距離，還每天用望遠鏡查看海平面和周圍的海域不下百次。

某天下午天空霧濛濛的，我發現醫生正為此喃喃自語。「可是，醫生，」我說，「如果航行的時間久一點，應該也沒有太大的關係吧？船上有很多食物，紫色天堂鳥也會明白我們會耽擱是不得已的。」

「應該是吧，」醫生若有所思的說，「但是我不想讓她等。每年這個時候，她因為健康因素都會前往祕魯山區。還有，她預測的那段好天氣可能隨時都會結束，導致我們延誤更久。要是能用一般的速度前進，我也不會介意，但是像這樣要走不走的，幾乎在原地打轉，就讓我很焦慮。啊，風來了——雖然不強，但是說不定待會會變大。」

東北方吹來的輕柔微風撥動了繩索、發出嗚響。我們抱著希望，看著傾斜的船桅露出微笑。

「只要再航行兩百四十公里，就能看見巴西海岸了。」醫生說，「如果這道風穩定且持續下去，一天之後我們就能看見陸地。」

但是風向突然變了，改從東邊吹來，然後又變回東北風，再變成北風。這陣風毫無規則可言，一陣一陣的吹來，彷彿還沒決定好究竟要往哪裡吹。我在舵輪前忙著，一下往左、一下往右調整，保持正確的航向。

沒過多久，我們就聽見在船索上眺望陸地和附近船隻的波妮對我們尖聲喊道：「要變天了，風向變來變去就是可怕的預兆。而且你們看！有看到東邊那裡有一條低垂的黑邊嗎？如果那不是暴風雨，我就沒資格被叫水手。這裡的強風很凶猛，颳起風來船帆都會像紙一樣被輕易撕破。你來掌舵，醫生，如果真的是暴風雨，就需要強壯有力的手來掌舵。我去叫邦波和奇奇起床，我真的覺得很不妙，在確定風力有多大之前，最好把船帆都取下來。」

確實沒錯，天空開始變得嚇人，東方那道黑邊愈靠愈近，也愈來愈黑。隆隆低沉的耳語開始在海上嗚咽，原本笑臉迎人又湛藍的海面變成了亂糟糟又醜陋的灰色。而在變黑的天空上，破碎的雲絮就像從暴風中飛出、衣衫襤褸的巫婆。

我必須承認，我簡直嚇壞了。在那之前，我只見過大海心情好的樣子：它有時安靜慵懶，有時歡樂大笑、富冒險精神又不顧一切；它有時也會在月光將波浪變成銀色的線、在夢幻的白雲於天際排列成精靈城堡時，帶著詩意沉思。但是我並不知道，甚至也沒想過，大海會在暴怒時展現可怕的力量。

當暴風雨終於來臨時，船身往側邊傾斜，彷彿有個隱形巨人賞了可憐的杓鷸號一個耳光。

之後，一切都發生得又快又猛，有讓你停止了呼吸的強風，有模糊了你的視線的猛烈海水，還有震耳欲聾的聲音和其他種種，都讓我搞不清楚船是怎麼開始沉的。

我只記得手中的船帆被風掀起（那時我們正在甲板上把船帆捲起來收好），像氣球一樣飛走，還差點把奇奇也捲走。另一段模糊的記憶，是波妮在某個地方尖聲大叫，要我們其中一個人下船艙把舷窗都關上。

雖然船桅上沒有掛船帆，我們還是高速往南疾駛而去。船側下方有時會有灰黑色的巨浪湧起，就像噩夢裡的怪物，愈來愈大、愈爬愈高，接著打在我們身上，把我們壓向海裡。這時，可憐的杓鷸號就會靜止，一半的船身都浸在水裡，就像一隻溺水喘氣的豬。

我奮力爬向舵輪找杜立德醫生，像水蛭那樣手腳緊緊攀在扶手上，以免被吹下船。這時，一道巨浪打來，我喝了一大口海水、手鬆了開來，身體就像軟木塞，在甲板上被海浪拖行了整艘船的距離。砰的一聲，我的頭狠狠撞上一扇門。接著，我昏了過去。

4 船難與小海燕

醒來時，我的意識非常模糊，天空是藍色的，大海也很平靜。一開始我以為自己在杓鷸號的甲板上晒太陽晒到睡著了，還以為耽誤了掌舵的時間，於是試著站起來。但是，我發現自己站不起來，雙手被繩子往後綁在某個東西上。我轉過頭去，發現那是一根斷掉的船桅，接著才意識到我身體底下不是船，而是船的殘骸。我開始感到害怕了，我瞇起眼睛，往四面八方搜尋海平面——沒有陸地、沒有船隻，視線範圍內什麼都沒有，我竟然獨自在海上漂流！

最後，撞傷的腦袋終於一點一點想起發生了什麼事。第一個是暴風雨來襲，船帆被吹走了；接著巨浪把我打到門上。可是杜立德醫生和大家呢？已經過了一天還是兩天？還有我為什麼會坐在船的殘骸上？

我想辦法把手伸進口袋尋找小刀，努力切斷綁住我的繩子。這讓我想起了捕撈貽貝的老喬告訴過我的沉船故事：船長把兒子綁在船桅上，以免他被強風吹下船。

一定是杜立德醫生把我綁在這裡。但是他人呢？

我腦中出現了可怕的想法，就是醫生和大家都淹死了，因為海面上沒有其他殘骸。我站了起來，再次東張西望——什麼都沒有，只有海水和天空！

✈我竟然獨自在海上漂流！

不一會兒，我看見遠處有小鳥的黑影掠過海浪，低飛而來。他飛到附近時，我認出那是一隻海燕。我試著跟他說話，看看他可不可以告訴我什麼消息，但不幸的是，我不太懂海鳥的語言，連引起他的注意都沒辦法，更別提讓他了解我的意思了。

小海燕慵懶的繞著乘載著我的船隻殘骸飛了兩圈，翅膀幾乎沒有拍動。儘管處境很危險，我還是忍不住猜想這隻鳥兒昨天晚上睡在哪裡，還有他或其他的動物，是怎麼平安度過如此猛烈的暴風雨。這讓我意識到，不同生物之間有著巨大的差異，但是體型大小和力量並不是最重要的。以這隻海燕來說，這個渾身羽毛的脆弱小傢伙比我小又比我弱，大海似乎可以對他為所欲為，但他卻以慵懶又俏皮的方式振翅回應！他才應該被稱作「能幹的水手」，因為無論風有多狂、陽光有多平和，這片茫茫大海都是他的家。

小海燕在附近的海面俯衝（我想應該是在覓食），接著便往剛才飛來的方向離去，於是我又變回孤單一人了。

我有一點餓，也有一點渴，開始有了各種悲慘的想法——當一個人感到寂寞又沒有吃早餐的時候就會這樣。如果杜立德醫生和大家都淹死了，我接下來會怎麼樣呢？會活活餓死，還是渴死？太陽跑到了雲的後面，我開始覺得冷了。我離陸地還有幾千幾百公里呢？要是又來一場暴風雨，把這片可悲的船隻殘骸也打碎了怎麼辦？

我就這樣想了一陣子，心情愈來愈鬱悶，接著我想起了波妮。「跟杜立德醫生在一起就代表『平安』，」她說過，「他就是會抵達，記住這件事。」

要是杜立德醫生就在旁邊，我肯定不會想這麼多，獨自一人的感覺讓我想哭。可是那隻小海燕也只有自己啊！「我真幼稚，」我對自己說，「只因為寂寞就嚇得快哭出來！」我待在這裡其實很安全——總之，暫時如此。杜立德醫生才不會被這種小事嚇著，他只有在探索新東西、發現新蟲子之類的才會激動起來。而且要是波妮說得對，那杜立德醫生就不會淹死，事情最後都會有好結果。

我挺起胸膛、扣好衣領，開始在船隻殘骸上來回走動取暖。我要跟杜立德醫生一樣，我不會哭，也不會激動。

我不知道自己來回踱步了多久，不過真的很久，畢竟也沒有其他事情可做。最後我終於累了，便躺下來休息。雖然我有很多煩惱，但還是很快就睡著了。

✦

我醒了過來，這次星星正從無雲的天際看著我。大海依然很平靜，這艘怪異的船隻殘骸也在輕柔的波浪中起伏。我抬頭凝視無聲的夜空，又飢又渴，瞬間失去了勇氣。

「你醒了嗎？」我的手邊傳來滑順的高音。

我彈坐起來，彷彿有人用圖釘刺我。就在那裡，有個東西棲息在殘骸邊，美麗的金色尾巴在星光下隱隱發亮，是紫色天堂鳥米蘭達！

我這輩子從來沒有因為見到誰而這麼開心過，我跳起來擁抱她，還差點掉進海裡。

「我不想叫醒你，」她說，「歷經了這一切，我想你一定很累……別把我壓扁了，孩子。你知道，我可不是填充玩偶。」

「噢，米蘭達，親愛的老朋友，」我說，「見到妳真高興。告訴我，杜立德醫生呢？他還活著嗎？」

「當然活著，而且我堅信他能永遠活下去。他就在往西六十幾公里的地方。」

「他在那裡做什麼呢？」

「在另一半的杓鷸號上刮鬍子——我離開的時候是這樣。」

「他還活著真是謝天謝地，」我說，「還有邦波，還有其他動物，他們都還好嗎？」

「是的，他們跟醫生待在一起。你們的船在暴風雨中斷成兩半，醫生發現你昏過去之後就把你綁了起來，但是你所在的那一半斷裂漂走了。天哪，這場暴風雨真大！大概只有海鷗和信天翁才受得了這種天氣吧。我在一座斷崖上留意醫生的蹤影三個星期了，但是昨天晚上我不得不到洞穴裡避難，以免尾巴的羽毛被吹走。我一找到醫生，他就派我和海豚來尋找你的蹤跡。之前有很多海鳥聚集在一起，想迎接醫生到來，但是狂風暴雨讓這件事泡湯了，沒辦法好好歡迎他。是海燕告訴我們你在這裡。」

「嗯，那我要怎麼去找醫生呢，米蘭達？我沒有槳可以划過去。」

「去找他？啊，你正在路上啊，看看後面。」

我轉過身去，月亮才剛升上海平面，我這才看見船的殘骸在水面上移動——非常輕柔，所以我之前都沒有注意到。

「我們怎麼會移動呢？」我問。

「海豚呀。」米蘭達說。

我走到木筏最尾端，低頭往水裡看。就在海面下，我看見四隻大海豚模糊的身影，他們光滑的皮膚在月光下閃閃發亮，而且正在用吻部推動木筏。

「他們是醫生的老朋友，」米蘭達說，「為了杜立德醫生，他們什麼事情都願意做。我們應該很快就會看見他們了，已經很靠近我之前離開的地方了——沒錯，他們在那裡！有看到那個黑影嗎？不，再往右一點，沒看出來天空底下有個黑人的身影嗎？奇奇看到我們了，他在揮手，你沒看到他們嗎？」

我沒有看到，因為我的視力並不像米蘭達那麼敏銳。不過我很快就聽見邦波的歌聲，他在某個幽暗的地方，用渾厚的嗓子大聲唱著非洲搞笑歌曲。又過了一下子，我往聲音傳來的方向望了又望，終於看出船隻殘破又模糊的影子貼在水面上漂著——可憐的杓鷸號只剩下那樣了。

夜空傳來一聲呼喚，我回應了，接著我們繼續在夜晚平靜的海面上來回呼喚彼此。過了幾分鐘，我們這艘英勇小船的兩塊殘骸輕輕碰在一起。

現在我離他們更近，月亮也升得更高了，所以能看得更清楚——他們那一半的船比我這一半大多了。

那一半的船傾斜著，他們都在最高的地方，津津有味的嚼著船上的餅乾。

而杜立德醫生在低一點、靠近水面的地方，他用平靜的海面當鏡子，把玻璃瓶的碎片當作刮鬍刀，在月光下刮鬍子呢。

5 神祕的漂浮島

當我爬上他們那一半的船隻殘骸時，所有人都熱烈的向我問好。邦波從木桶裡倒了一杯甜美的淡水給我，奇奇和波妮則站在我旁邊，餵我吃餅乾。

但是最讓我開心的，還是看見杜立德醫生的笑臉，因為我知道我又回到他身邊了。我看著醫生小心翼翼的擦拭刮鬍子用的玻璃片，再把它收起來，留著以後繼續使用，這時我忍不住在腦海裡將他跟小海燕相比。醫生因為跟動物說話並培養友誼，累積了大量稀奇的知識，因此能夠做到別人都不敢嘗試的事情。他就像那隻小海燕，無論海上的天氣如何，他都能與海同樂，難怪航行時他遇到的土著都會為他建立雕像，並且把雕像做成魚、鳥和人的結合體。雖然這個說法有點荒謬，但是我非常能夠理解為什麼米蘭達堅信醫生永遠不會死，因為光是跟醫生待在一起，你就會感到舒適又安全，非常的美好。

除了醫生的外表（他的衣服又皺又溼，塌掉的高帽也被海水給弄髒了），那場嚇壞我的暴風雨並沒有對他產生太大的影響，就和我們卡在沼澤窪鎮泥濘的河岸時差不多。

醫生向米蘭達道謝，感謝她這麼快就找到我，並問她願不願意在前面為我們指引往蜘蛛猴島的方向。接著，醫生請海豚離開原先我所待的那片殘骸，改推這半艘比較大的船隻殘骸，跟著天堂鳥的方向前進。

我不知道杜立德醫生在這次的船難中損失了多少——應該一點財產都不剩了吧，包括他存下來準備買船的錢。但是他依然面帶微笑，彷彿什麼也不缺。就我的觀察，除了那桶水和一袋餅乾之外，他唯一保留下來的東西就是那些寶貴的筆記本了。醫生站起來時，我看到他把筆記本纏在腰上，一圈又一圈。他就像馬修說過的，是個了不起的人，真是不可思議。

接下來的三天，我們往南繼續慢慢的、平穩的前進。我們唯一的困擾就是很冷，而且愈來愈冷。醫生說，那場大風暴讓蜘蛛猴島偏離了原本的位置，往南移動了不少。

到了第三天晚上，可憐的米蘭達飛回來時都快凍僵了。她告訴醫生，早上就會很接近那座島了——雖然我們現在還看不見，因為這時的黑夜霧濛濛的。米蘭達說她必須趕回溫暖的地方，之後會和往常一樣，在八月時到沼澤窪鎮拜訪杜立德醫生。

「別忘了，米蘭達，」醫生說，「要是有長箭的消息，一定要告訴我。」

天堂鳥向醫生保證一定會，就在醫生不斷為她所做的一切道謝之後，她祝福我們好運，接著就消失在黑夜裡。

隔天，我們在天亮之前就醒了，等著和我們不遠千里造訪的國度相見。升起的太陽把東邊的黑夜變成了灰色，這時第一個大喊的當然是老波妮，她說她看見棕櫚樹和山頂了。

天色愈來愈亮，我們都看清楚了：那是一座長長的島嶼，中央有高聳的岩石山脈。我們離得好近，幾乎可以把帽子拋上岸了。

海豚推了最後一下，我們這艘奇形怪狀的船便輕輕碰上低矮的海灘。接著，我們趕緊上岸，帶著感激的心情伸展緊繃的雙腿。雖然這是一座漂浮島嶼，但也是我們六個星期以來第一次踏上的陸地。我意識到，我在地圖集裡用鉛筆觸碰到的那個小點終於在腳下，真是太興奮了！

陽光愈來愈強，我們也發現這座島的棕櫚樹和草都很乾枯，快要死了。醫生說一定是因為天氣變冷的關係，這座島的氣候改變了。他告訴我們，這些樹木和草都適合生長在溫暖的熱帶氣候。

海豚問是否還需要他們幫忙，杜立德醫生回答現在不需要，也用不到那殘留的半艘船了——因為它開始崩解，很快就會沉沒。

就在我們準備往內陸走、探索這座島嶼時，突然發現樹林裡有一群印第安人正好奇的盯著我們。杜立德醫生上前和他們交談，但是沒辦法讓他們聽懂。醫生比手畫腳試著告訴他們，他是帶著善意來這裡拜訪，不過印第安人似乎不太喜歡我們。他們有弓、箭和打獵用的長矛，手裡還有尖尖的石頭器具。他們用手勢回應，要是醫生再靠近一步，他們就要殺掉我們。印第安人顯然希望我們立刻離開這座島，這個情況實在讓人非常不安。

最後，杜立德醫生總算讓他們明白自己只想在島上到處看看，之後就會離開。不過我實在無法想像要怎麼離開，畢竟我們已經沒有船了。

印第安人彼此交談的時候，另一位印第安人來了，顯然是來要求同伴去島嶼的另一個地方，因為這些印第安人很快就對我們揮舞長矛、擺出威嚇的模樣，接著跟剛加入的那個人一起離開了。

「真是失禮的傢伙！」邦波說，「你有見過這麼不好客的人嗎？連問我們有沒有吃過早餐都沒有，愚昧的莽夫！」

「噓！他們要去他們的村落了，」波妮說，「山脈的另一邊一定有村莊。醫生，聽我的建議吧，趁他們不注意的時候離開這片海灘。我們現在就往上爬，去個不會被他們發現的地方，等他們明白我們沒有威脅性，也許就會對我們友善一點。他們看起來誠實、沒有心機，我認為是正直的人，只是無知罷了，也許他們從來沒見過白人。」

於是，初次見到印第安人後有點沮喪的我們，開始往島嶼中央的山脈走去。

6 甲蟲與奇特的文字

我們發現山坡下的樹林十分濃密，許多植物糾纏在一起，看起來似乎難以通行。在波妮的建議之下，我們離開那些通道和小徑，以避開印第安人為第一目標。

波妮和奇奇是很好的嚮導，也是優秀的叢林獵人，他們立刻出發為我們尋找食物，而且只花了一點點時間就找到很多很好吃的果實和核果——雖然有很多果實我們都不認識。我們還發現了一條從山上流下來且水質很好的乾淨溪流，於是大家都喝得飽飽的。

我們沿著溪流往山上走，樹林一下子就變得稀疏，地形也變得陡峭，有很多石頭。這裡的視野很好，可以眺望整座島，遠處就是湛藍的大海。

就在我們讚嘆眼前的美景時，杜立德醫生突然說：「噓！是賈比茲甲蟲！你們有聽見嗎？」

我們仔細聆聽，也確實聽見了，就在我們附近。賈比茲甲蟲的聲音很像蜜蜂，是極為悅耳的嗡嗡聲，但是不只有一種音高。嗡鳴聲高低起伏，就像有人在唱歌。

「所有昆蟲當中，只有賈比茲甲蟲才會這樣鳴唱。」杜立德醫生說，「不知道他在哪裡，似乎離我們很近，也許就在樹叢裡飛。噢，要是有捕蟲網就好了！我怎麼沒有想到把它綁在我的腰上呢？該死的暴風雨，這下我可能抓不到全世界最稀有的昆蟲了⋯⋯

噢，你們看！他在那裡飛！」

一隻巨大的甲蟲突然從我們的鼻尖前飛過，他至少有八公分長。醫生興奮得不得了，他摘下帽子當成捕蟲網，對甲蟲一揮，結果就抓到了。匆忙之中，醫生還差點掉下斷崖、摔在石頭上，但是他一點都不在意。他跪在地上，帽子底下的賈比茲甲蟲讓他得意的哈哈大笑。醫生從口袋拿出一個有玻璃蓋的盒子，然後熟練的讓甲蟲從帽簷底下爬進去。接著他站起來，快樂得像個孩子，仔細的透過透明玻璃蓋查看這個新寶貝。

這隻甲蟲的確很漂亮，他的腹部是淡藍色的，但是背部是光滑的黑色，上面還有很大的紅點。

「我想全世界的昆蟲學家，都願意拿一切交換這樣的經驗吧，」醫生說，「哈囉！這隻賈比茲甲蟲的腳上有東西——看起來不像泥土，不曉得是什麼。」

他小心翼翼的抓出盒子裡的甲蟲，並且用手指抓住甲蟲的背，甲蟲便在空中慢慢揮動六隻腳。大家都擠過去看，甲蟲右前腳的中間似乎被一片又乾又薄的葉子給包住了，包得非常整齊，而且還被強韌的蜘蛛網固定住。

看著杜立德醫生用胖嘟嘟的手指解開蜘蛛絲真是不可思議，他將葉子展開，完全沒有弄傷這隻珍貴的甲蟲。

葉子上有好多記號和圖畫，畫得好小好小，幾乎得用放大鏡才看得清楚，你大概可以想像當時的我們有多麼驚訝。有些記號我們完全看不懂，但是圖畫都十分簡單明瞭，畫的大多是人和山，而且都是用某種棕色墨水畫的。

我們盯著那片葉子好一陣子，什麼話都沒有說，覺得驚訝又神祕。

「我認為這是用血畫的，」醫生終於開口，「血乾掉的時候，就是這種顏色。有人刺破自己的手指畫這些圖，古時候沒有墨水時就是用這種小技巧——不過非常不衛生。甲蟲的腳上竟然有這麼不尋常的東西！但願我能說甲蟲的語言，弄清楚這隻賈比茲甲蟲怎麼會有這個東西。」

「不過這個是什麼呢？」我問，「有好幾排小圖和記號，你會怎麼解讀呢？」

「這是一封信，」醫生說，「用圖案寫的信，所有小圖放在一起就是一則訊息。但是為什麼要讓甲蟲傳遞訊息呢——而且是賈比茲甲蟲，全世界最稀有的甲蟲？真是太不尋常了！」

接著醫生就開始看著那些圖畫喃喃自語：「不知道是什麼意思：一群人爬到山上；一群人走進山裡的洞穴；山垮了——這張畫得真好；一群人指著他們張開的嘴巴；鐵柵——可能是監牢的鐵柵；一群人在祈禱；一群人躺下——看起來好像生病了；還有最後一張，只有一座山——形狀很奇怪的山。」

突然，醫生抬頭用銳利的眼神看著我，臉上逐漸露出欣喜的笑容。他看懂了！

「長箭！」醫生高呼，「你沒看出來嗎，湯米？啊，當然了！只有博物學家才會想把這封信交給甲蟲，而且不是常見的甲蟲，是最稀有、其他博物學家都想抓的物種。哎呀！哎呀！長箭啊！這是長箭畫的信，因為他唯一會使用的文字就是圖畫文字啊。」

「對，可是這封信是寫給誰的呢？」我問。

「很可能就是我。我好幾年前就知道，米蘭達告訴過他我想來這裡。不過，如果不是給我的，就是給任何一個抓到甲蟲又讀了信的人，是一封寫給全世界的信。」

「但是這封信是什麼意思呢？你拿到這封信了，可是我看不出來這對你有什麼用處。」

「當然有，」醫生說，「因為我看懂了。第一張是一群人走到山上——就是長箭他們一行人；一群人走進山上的洞裡——他們進入洞穴尋找藥用植物或苔蘚；山垮了——一定是峭壁邊的石頭掉下來、擋住他們的去路，把他們困在洞穴裡，而唯一能幫他們和外界溝通的生物就是這隻甲蟲，因為他可以挖洞跑到外面。當然啦，有人抓到這隻甲蟲又讀了信的機率肯定很低，不過還是有機會。當人身處險境時，任何獲救的機會都要好好把握……好，再看下一張圖：一群人指著他們張開的嘴巴——他們很餓；一群人在祈禱——是在請求發現這封信的人去幫助他們；一群人躺下來——他們生病了，或是在挨餓。湯米，這封信啊，是他們最後的求救訊號。」

醫生說完便跳了起來，一把抽出筆記本，並把信夾在書頁裡。他的手慌亂又不安的顫抖著。

「走吧！」他高呼，「我們上山——全都上山，不能再耽擱了。邦波，帶上水和核果，沒人知道他們被困在地洞裡多久了，希望我們不會太遲！」

「可是要去哪裡找呢？」我問，「米蘭達說這座島有一百多公里長，島的中央都是連綿的山脈。」

「你沒看見最後一張圖嗎？」他說，一邊抓起地上的帽子，往頭上隨便一扣，「那座山的形狀很奇怪，看起來像老鷹的頭，長箭就在那個地方——如果他還活著的話。首先要做的，就是爬上山頂，看看島上哪裡有形狀像老鷹頭的山。想像一下，我總算有機會可以見到金箭的兒子長箭了呢！走吧！快！再晚一點，說不定史上最偉大的博物學家就要死了！」

7 鷹頭山與消失的洞穴

我們都同意，那天是這輩子最賣力的一天。以我來說，我經常累得快要走不動，但還是像機器一樣繼續走，並決定無論發生什麼事，都不要當第一個放棄的人。

爬上山頂後，我們立刻就看見信裡那座奇怪的山。它的形狀跟老鷹的頭一模一樣，也是我們視線範圍裡第二高的山。

看見那座山之後，雖然大家都氣喘吁吁，但醫生還是沒有停下來休息。他看了一眼太陽、確定方向，接著就快跑下山，穿過濃密的灌木林、踏過小溪、抄了各種捷徑。以一個胖子來說，他肯定是我見過最敏捷的越野跑手。

我們在他後面用最快的速度蹣跚前進，這裡的「我們」是指我和邦波，至於動物們——吉卜、奇奇和波妮，他們把我們遠遠拋在後頭，甚至跑得比醫生還快，把這當成獵兔遊戲一樣享受。

一段時間之後，我們來到了那座山的山腳下，發現這座山非常陡峭。醫生說：「大家分頭尋找洞穴，現在所在的地方就是集合點。如果找到有土石掉進去的洞穴或地洞，就要大喊呼叫其他人；如果都沒有找到，一小時後到這裡集合。大家都聽清楚了嗎？」

於是我們分頭出發。

可以肯定的是，我們都想成為第一個找到他們的人，從來沒有一座山被搜索得這麼徹底。不過，唉！我們連一個看起來像崩塌過的洞穴都沒有找到。很多斜坡底部有落石，但是後面似乎不可能有洞穴或通道。

我們都又累又失望，零零散散的回到集合點。杜立德醫生似乎很鬱悶，也很不耐煩，但是一點都不想放棄。

「吉卜，」他說，「你聞得到印第安人的味道嗎？」

「不行，」吉卜說，「我嗅遍了山腰上所有縫隙，不過我的鼻子在這裡恐怕派不上用場，醫生。問題在於，這裡的空氣充滿了蜘蛛猴的氣味，把其他氣味都蓋過去。而且，這裡太冷又太乾，不太適合用氣味找人。」

「這倒是真的，」醫生說，「而且還愈來愈冷，我擔心這座島還在往南漂，希望不會持續太久，不然我們會連核果和果實都沒得吃了，島上所有東西都會枯死的。奇奇，有發現什麼嗎？」

「沒有，醫生。我爬上我看見的所有高處和凸起，也找了每一道裂縫和中空的地方，但是都沒有發現能容納人的地方。」

「波妮，」醫生問，「妳有看見什麼跡象嗎？」

「完全沒有，醫生——不過我有一個方法。」

「很好！」杜立德醫生滿懷希望的高呼，恢復了活力，「是什麼方法？說來聽聽。」

「甲蟲還在你身上吧，」她問，「那隻比茲比茲……不知道叫什麼的可憐蟲子？」

「對，」醫生說，一邊從口袋裡拿出有玻璃蓋的盒子，「在這裡。」

「好，聽我說，」她說，「如果你的推測是真的，也就是說，長箭被落石困在山裡，那麼他可能是在山洞裡發現這隻甲蟲的，那裡說不定還有很多其他甲蟲，對吧？比茲比茲應該不是他帶進去的？你說他在尋找植物，不是昆蟲，不是嗎？」

「對，」醫生說，「確實有可能。」

「很好，那就可以合理假設，甲蟲的家或巢穴就在那裡，也就是長箭跟同伴被困住的地方，不是嗎？」

「有道理，有道理。」

「好，那接下來要做的，就是把甲蟲放出來，然後盯著他。他遲早會回家的，也就是長箭所在的洞穴，我們就跟著他過去，或者，」她接著說，一邊帶著高傲的神態梳順翅膀上的羽毛，「我們跟著他，直到他鑽進地裡，至少他可以告訴我們長箭被困在哪個區域。」

「但是如果把他放出來，他可能會飛啊，」醫生說，「那我們就找不到他了，比之前還糟。」

「讓他飛呀，」波妮不以為然的哼了一聲，「鸚鵡飛得不比甲蟲慢吧，要是他飛起來，我可以保證，絕不讓這個小壞蛋離開我的視線。如果他只是在地上爬，你們就可以跟著他。」

「太棒了！」醫生高呼，「妳真聰明，波妮。我馬上就讓他出來，看看會發生什麼事。」

我們又擠到醫生旁邊，他小心的打開玻璃蓋，讓那隻大甲蟲爬到手指上。

「瓢蟲啊瓢蟲，飛回家吧！」邦波開始哼唱，「你家失火了，你的孩……」

「噢，安靜！」波妮不高興的說，「別侮辱他，你不覺得他夠聰明，不用你說也知道要回家嗎？」

「我想說，也許他正值交配期，」邦波恭敬的說，「他可能對家感到厭倦了，需要鼓勵他一下。還是妳覺得我該唱〈甜蜜的家〉呢？」

「不用，這樣他就不會回家了。省點力氣吧，別對他唱歌，盯著他就好……噢，醫生，何不在他的腳上也綁一封信，告訴長箭我們正盡力找他，請他千萬不要放棄呢？」

「就這麼辦。」醫生說。不到一分鐘，他就從附近的樹叢拔了一片葉子，開始用鉛筆在上面畫小圖。

最後，賈比茲先生的身上就紮好了新包裹，他從醫生的手指爬到地上，再看了看醫生。他伸了伸腳，用前腳擦亮鼻子，接著便悠哉的往西爬。

我們以為他會往山上爬，但是他卻繞著這座山爬。你知道甲蟲繞行一座山要花多久時間嗎？我向你保證，絕對久得難以置信。就在事情以龜速進展時，我們滿心期待他接下來會用飛的，這樣就可以讓波妮接手跟蹤工作，但是他根本就沒有張開翅膀。我以前都不知道，要人用甲蟲的速度行走有多麼困難，這是我經歷過最討厭的事情了。我們跟在甲蟲後面浪費時間，還得像老鷹那樣緊盯著他，以免他消失在葉子底下，我們的脾氣愈來愈暴躁易怒，彷彿隨時都可以咬掉對方的頭。當甲蟲停下來欣賞風景或是繼續擦亮鼻子時，我聽見波妮在身後罵了句水手最難聽的粗話。

就在甲蟲帶我們繞了這座山整整一圈之後，他帶我們回到了出發的地點，接著就不再移動了。

「嗯，」邦波對波妮說，「妳現在還覺得這隻甲蟲聰明嗎？妳看他笨得不知道怎麼回家。」

「噢，安靜點，你這個傢伙！」波妮沒好氣的說，「要是你被關在盒子裡一整天，難道不想活動活動筋骨嗎？他家說不定就在這附近，所以他才會回來。」

「但是，」我問，「為什麼他要先繞這座山一圈呢？」

我們三個激烈爭論了一陣子，但是醫生突然大喊：「你們看，你們看！」我們轉頭發現醫生指著賈比茲甲蟲——他正往山上爬，而且這次步伐更快、態度也比較嚴肅了。

「嗯，」邦波疲累的坐下說，「如果他打算上山再下山，做更多的運動，那我就在這裡等他，奇奇和波妮可以跟去。」

現在，甲蟲爬過的地方的確更適合讓猴子或鳥跟去，那是一面平滑的山壁，陡峭得像一道牆。

可是只過了一下子，當賈比茲甲蟲在我們上方不到三公尺的距離時，我們都大叫了一聲。因為在我們盯著他時，他竟然像雨滴滲進沙子那樣消失在岩石上了。

「他不見了，」波妮高喊，「那上面一定有個洞。」眨眼間，她振翅飛上岩石，用爪子努力抓著岩壁。

「沒錯，」她往下喊，「我們終於找到他了，洞就在這裡，在一片地衣後面，大小可以伸進兩根手指。」

「啊，」醫生高喊，「這一大片岩板一定是從山頂滑下來，像門一樣蓋住了洞口。他們真可憐！待在裡面一定糟透了！噢，要是我們有十字鎬或鏟子就好了！」

「十字鎬或鏟子應該沒什麼用，」波妮說，「看看這片岩板有多大——三十公尺高，寬度也差不多，大概需要一大批人、花上一星期的時間，才能留下一點刻痕。」

「不知道這有多厚，」醫生說，接著拿起一塊大石頭，全力敲向岩板。裡面的空間隆隆作響，就像一個巨型的大鼓。我們都站著聆聽漸漸消逝的回聲。

然後，我的背脊開始發涼，因為山裡面傳來了回應我們的三個聲響：砰！砰！砰！

我們瞪大眼睛望著彼此，彷彿那是大地開口說話的聲音。接著杜立德醫生打破了這段短暫的沉默。

「謝天謝地，」他語帶敬畏，小聲的說，「至少還有人活著！」

Part 5

印第安博物學家

1 偉大的時刻

接下來，要如何把這塊巨大無比的石板推到旁邊、放平或敲開，才是最困難的任務。我們抬頭凝視聳立的石板，對力量渺小的我們來說，這個任務真讓人絕望。

但是山裡面有活人傳來了回音，讓我們重新鼓起了勇氣，於是馬上就開始行動，到處尋找能加以利用的開口或裂縫。奇奇攀上垂直的壁面，到石板的最高處查看；我拔起灌木、除去掛在石板上的爬藤植物，檢查是否有被植物覆蓋的突破點；醫生又拿了一些樹葉，畫了新的信，要是賈比茲甲蟲又跑出來，就可以讓他帶進去；波妮則是叼起一把核果，把它們一個一個推進甲蟲的洞裡，給困在裡面的人吃。

「核果有非常豐富的營養。」她說。

吉卜拚命扒石板下的土，就像要捕老鼠；不過因為他的發現，我們最後成功了。

「醫生，」吉卜高呼，並帶著一鼻子的黑泥跑向醫生，「石板底下都是軟土，很容易挖，我猜背面的洞穴位置太高了，所以裡面的印第安人摸不到下面的泥土，不然他們就可以自己挖洞出來。如果我們把底下的土挖掉，石板可能會往下掉一點，說不定他們就能從上面爬出來。」

醫生趕緊去查看吉卜挖掘的地方。

「沒錯，」醫生說，「如果可以把最前面這邊的土挖掉，加上石板又立得這麼直，說不定可以讓石板往這邊倒，值得一試。開始動手吧，快！」

我們沒有工具，只能在附近找樹枝和扁扁的小石塊來挖掘。我們看起來一定很奇怪，蹲在山腳下又扒又挖，就像六隻蹲成一排的獾。

雖然天氣很冷，但是我們的額頭還是流下了許多汗水。過了大約一小時，醫生說：「如果石板有移動的跡象，就要準備隨時跳開、閃到一旁。要是被石板壓到了，可會比鬆餅還要扁。」

沒過多久，出現了讓人難以忍受的刺耳聲音。

「小心！」杜立德醫生大喊，「要倒了！大家散開！」

我們拔腿逃命，跑到旁邊。巨石慢慢下滑，往我們挖的凹槽裡陷下去三十公分。我感到一陣失望，因為這下情況就跟之前差不多了，石板上方根本沒有露出什麼洞口。但就在我抬頭看時，我發現石板頂端正在緩慢的遠離山壁，我們讓石板底部失去平衡了。就在石板離山壁愈來愈遠時，後面傳來了人類的聲音，他們說著奇怪語言、喜極而泣。石板往前傾的速度愈來愈快，也開始往下倒。接著，它摔在地上、裂成兩半，還發出巨響，我們腳下的整座山都在震動。

我該怎麼描述全世界最偉大的兩位博物學家第一次見面的景象呢？那是金箭之子——長箭，以及來自沼澤窪鎮的杜立德醫生。雖然這已經是好多年以前的事情了，但是這一幕馬上浮現在我的眼前，每一個小細節都清清楚楚。只不過，當我寫到這個部分時，和這件偉大的事件相比，文字只顯得渺小。

杜立德醫生的人生充滿許多重大奇遇，而我知道，他總是將解救這位印第安博物學家視為其中最偉大的事情。而我知道這場會面對他的意義有多麼重大，所以當巨石終於倒在我們的腳下，我也既興奮又好奇。我們都往裡面望去，看看石板後的樣貌。

陰暗的洞口露了出來，高度有六公尺。洞的中間站著一位高大的印第安人，他身高兩百一十公分，長相英俊、精瘦結實且光著身子，不過腰際圍著珠子裝飾的布，頭髮上也插著老鷹羽毛。他把一隻手放在臉前，遮蔽好多天不見的炫目陽光。

「是他！」我聽見醫生在我的手邊說，「我認得出他的身高和下巴上的疤痕。」

醫生慢慢跨過倒地的石板，朝那位印第安人伸出了手。

印第安人很快把手放下，我發現他的眼中閃現一道神祕的銳利光芒，就像老鷹的眼睛，不過更親切也更柔和。他緩緩舉起右手，握住杜立德醫生的手，身體其餘部位就像雕像一樣動也不動。這是個偉大的時刻，波妮深有感觸並滿意的對我點點頭，我也聽見邦波感動得吸鼻子的聲音。

接著，醫生試著和長箭交談，不過這位印第安人當然不懂英語，醫生也不懂印第安語。不過，讓我驚訝的是，我聽見醫生試了幾種動物的語言和他交流。

「你好嗎?」醫生用狗的語言說，「很高興見到你。」這是馬的肢體語言，「你被關在裡面多久了?」他用鹿的語言說。但是印第安人只是站在那裡動也不動，站得又直又僵，一個字都不懂。

✦這是個偉大的時刻，長箭握住杜立德醫生的手。

醫生又試了試另外幾種動物的方言，還是沒有用。

最後，他說起了老鷹的語言。

「偉大的印第安人啊，」醫生用大型鳥類的刺耳聲音和短促的咕咕聲說，「我這輩子從來沒有像今天這麼高興，因為你還活著。」

突然間，長箭露出理解的笑容，臉龐亮了起來，並用老鷹的語言回應：「偉大的白人啊，我的命是你救回來的，這輩子我都將為你效命。」

接著，長箭告訴我們這是他學到的唯一一種鳥語，而且很久沒有說了，因為這座島沒有老鷹來過。

醫生向邦波示意，他便拿了核果和水上前去，但是長箭不吃也不喝。接過那些東西並點頭道謝後，他便走進黑暗的洞穴裡，我們也跟了過去。

我們在裡面發現了另外九個印第安人，有男有女，還有小孩，他們躺在岩石地板上，瘦得可怕，也非常疲累。

他們有的閉著眼睛，看起來就像死了，於是杜立德醫生快步走過去檢查所有人的心跳。他們全都活著，但是有個女人虛弱得站不起來。

奇奇和波妮在醫生的吩咐之下，趕緊進入叢林尋找更多水和果實。

就在長箭將食物分給飢餓的朋友時，我們突然聽見洞穴外面有聲音。我們轉過身去，發現之前在海邊遇見、不太歡迎我們的那群印第安人聚集在洞口。

一開始，他們好奇的往黑暗的洞裡窺探，一看見我們身旁有長箭和其他印第安人，就跑了進來，又是大笑又是高興的拍手，還用飛快的速度說起話來。

長箭向醫生解釋，我們在洞裡找到的九位印第安人是陪他進入山區採集藥草的兩個家庭，他們在尋找某種能幫助消化、只生長於潮溼洞穴裡的地衣時，那片大石板滑了下來，把他們關在洞裡。所以這兩個星期以來，他們只靠地衣和從洞穴石壁滴落下來的水維生，島上其他印第安人都放棄尋找他們、開始為他們的死哀悼了。不過他們現在又驚又喜，因為這些親友還活著。

長箭用他們的語言告訴這些剛加入的印第安人「找到並且解救他們親友的，就是這位白人」。於是，他們都聚在杜立德醫生周圍，七嘴八舌的開口說話，一邊敲打胸口。

長箭說：他們在道歉，他們想告訴醫生，對於在海邊不友善的舉動感到非常抱歉。他們沒有見過白人所以很怕他，尤其是看見醫生跟海豚說話的時候，他們以為醫生是惡魔。

接著，他們到外面查看那塊如同一大片草地般廣大的巨石。他們沿著巨石周圍繞了又繞，指著中間的裂痕，好奇我們用了什麼妙招讓巨石倒下。

後來，造訪蜘蛛猴島的遊客告訴我，那塊大石板現在成了島上的景點，而印第安導遊和遊客解說這塊石板的由來時，講的都是他們的版本。他們說：當杜立德醫生發現他的朋友長箭被巨石困住之後，氣得徒手把這座山砍成兩半、救出朋友。

2 漂浮島嶼的子民

從那時候開始，印第安人對我們的態度就變得非常不一樣。他們邀請我們到村莊享用大餐，慶祝失蹤的家人回歸。我們用小樹製作了一個擔架，接著所有人開始下山。

下山途中，印第安人告訴長箭一個消息，似乎是令人難過的事，因為他聽到之後臉色就變得非常凝重。杜立德醫生問長箭怎麼回事，於是長箭說，他剛剛得知，部落那位高齡八十歲的酋長今天早上過世了。

「一定是因為這件事情，」波妮在我耳邊悄悄說，「所以海邊那些人才會回村莊，那時候有個人帶消息到海邊給他們，記得嗎？」

「他的死因是什麼？」醫生問。

「因為太冷了。」長箭說。

的確，這時候太陽正好下山，我們全都在發抖。

「這個問題很嚴重啊，」醫生對我說，「那股討厭的南向海流還在影響這座島，明天得來好好調查一下這件事。如果沒辦法改變的話，印第安人最好划獨木舟離開這座島，在南極浮冰裡凍死的機率比發生船難還高。」

不久，我們走過丘陵的一個低處。這時，我們往下望向遠方，看見了村莊——海邊有很多茅草搭的棚屋和色彩明亮的圖騰柱。

「真是太美了！」杜立德醫生說，「這個位置真棒，村莊叫什麼名字呢？」

「波西佩多，」長箭說，「這也是部落的名字，印第安語的意思是『漂浮島嶼的子民』。這座島上有兩個部落，這邊是『波西佩多』，另一邊是『巴加德拉』。」

「哪一個部落比較大呢？」

「巴加德拉大多了，他們的居住地有十平方公里。不過……」長箭接著說，微微皺起的眉頭讓他英俊的臉龐變得陰沉，「對我來說，一個波西佩多好過一百個巴加德拉。」

救援消息顯然傳播得比我們行進的速度還快，我們來到村子附近時，看見一群又一群印第安人跑了出來，迎接原以為再也見不到的親友。

得知是海邊那位陌生白人拯救了他們的親友時，這些善良的人都聚在杜立德醫生周圍跟他握手，拍拍他、擁抱他。接著，他們把醫生扛上健壯的肩膀，抬著他走下山坡、進入村子。

在村子裡，我們獲得了更熱烈的歡迎。儘管晚上會愈來愈冷，還是有很多原先躲在家裡發抖的村民打開家門、走到戶外，我都不知道這個小村子有這麼多人。他們蜂擁上來，微笑點頭並揮著手。長箭敘述救援細節時，他們也不停發出奇特的歌唱聲——應該是感激或讚美的字句。

接著，他們陪我們走到一間新的草屋，說這是給我們的，並交代六個健壯的印第安男孩擔任我們的侍者。屋裡很乾淨，還有香甜的氣味。

穿過村子時，我們發現有一間屋子比其他間還要大，位在主要道路的盡頭。長箭指了指那間屋子，告訴我們那是酋長的屋子，不過已經沒有人住了，因為他們還沒選出新的酋長來接替過世的老酋長。

我們的新家裡備好了豐盛的魚和果實，當我們抵達時，部落裡的重要人士都已經坐在長餐桌前了。長箭請我們入座用餐。

我們非常高興，因為大家都很餓。不過，當我們發現魚是生的，都感到既驚訝又失望。島上的人似乎不覺得這有什麼奇怪，大口大口、津津有味的吃著生魚肉。

杜立德醫生向長箭表達歉意，並說如果他們不反對，我們想要吃熟的魚肉。但是了不起的長箭，一位對自然知識如此了解的人，竟然不知道「熟」是什麼意思，你一定能想像我們有多麼驚訝。

波妮坐在醫生和我之間的凳子上，這時她拉了拉醫生的袖子。

「讓我告訴你原因，醫生。」她低聲說，醫生便壓低身子聽她說話，「這些人沒有『火』啊！他們不知道怎麼生火。你看外面，天幾乎要黑了，村子裡卻連一盞燈都沒有，這些人不會用火。」

3 被火光照亮的村落

杜立德醫生問長箭知不知道什麼是「火」，並在鹿皮做的桌布上畫圖說明。長箭說他看過這個東西從火山頂噴發出來，但是他和波西佩多人都不知道是怎麼產生的。

「這些受凍的可憐蟲！」邦波喃喃的說，「難怪老酋長會被冷死。」

這時候，我們聽見門口傳來哭聲，轉過頭去，發現有位哭泣的印第安母親抱著一個嬰兒。她對其他印第安人說了一些話，但我們聽不懂，長箭便告訴我們那個嬰兒生病了，她希望白人醫生能試著醫治他。

「噢，天哪！」波妮在我耳邊哀嚎，「又跟在沼澤窪鎮的時候一樣了，病人在晚餐時上門。不過有件事情不一樣，那就是食物是生的，不用擔心菜會涼掉了。」

杜立德醫生檢查了一下嬰兒，立刻發現他全身冰冷。

「火——火！他需要的是這個，」醫生一邊說，一邊轉頭看長箭，「這就是你們需要的，如果不保暖，這孩子會得肺炎的。」

「是的，但是要怎麼製造火呢？」長箭說，「要去哪裡找火，這很難啊，島上的火山都是死火山。」

於是我們開始在口袋裡翻找，看看歷經船難之後，是不是還有能用的火柴。我們只找到兩根完整的火柴，但是火柴頭都因為泡過海水而脫落了。

「聽著，長箭，」醫生說，「不用火柴也有很多方法可以生火，其中一個就是利用堅硬的玻璃和陽光，不過太陽已經下山了，我們無法使用這個方法。另一個方法是用一根硬樹枝在軟木材上摩擦——外面是不是已經沒有陽光了？唉，確實沒有陽光了。我們恐怕得等到明天，因為除了需要尋找不同的木材，還要松鼠的老巢當燃料，沒有燈光是不可能在樹林裡找到的。」

「你真是足智多謀又有能力啊，白人，」長箭回答，「但是你這樣說就太不了解我們了。你不知道不會用火的人，在夜裡也能看清楚嗎？我們沒有燈，所以必須訓練自己在最黑的夜裡、在沒有光的環境裡移動。我會派出使者，一個小時內你就能拿到松鼠巢。」

長箭對其中兩位侍者下了命令，他們馬上就奔跑離去。果然，他們一下子就把松鼠巢、硬木頭和軟木頭都帶了回來。

月亮尚未升起，屋子裡已經漆黑一片。不過我聽得見，也感覺得到，那些印第安人都十分自在的走來走去，就跟白天時一樣。杜立德醫生幾乎得靠觸覺來生火，也得請長箭和印第安人把放錯位置的工具拿給他。接著，我發現一件奇怪的事：因為不得不在黑暗中查看，我發現自己也能在黑暗中看見一點東西了。這是我第一次意識到，只要家門敞開，或是在露天的環境裡，伸手不見五指這件事就不存在。

醫生向他們借了一把弓，接著將弓弦鬆開，再把硬樹枝穿進弦的線圈，讓硬木頭摩擦軟木頭，我很快就聞到了煙味。接下來，醫生不斷往冒煙處添加松鼠巢的內層，並要我朝冒煙處吹氣。醫生摩擦樹枝的速度愈來愈快，周遭也冒出更多的煙。最後，黑暗的空間瞬間亮了起來，松鼠巢冒出了火焰。

印第安人驚訝的喃喃低語，一開始他們都跪下來敬拜火焰，還想用手拿取火焰來玩，所以我們得教他們使用火的方法。我們把魚插在樹枝上、放到火上烤，居民對這個動作都非常感興趣。當烤魚的味道第一次飄散在波西佩多的村子裡時，居民都欣喜的嗅著空氣裡的味道。

我們請當地人找來一堆一堆的乾木材和木片，然後在村裡最大條的路上升起巨大的營火。他們圍著火、感受到了溫暖，接著全村的人都聚集了過來——大家都很驚奇，但臉上溢滿笑容。這幅畫面非常震撼，是所有旅行經歷中，我最常想起的畫面——黑色夜空下那令人歡喜的熊熊烈火，印第安人圍成一大圈，火光在古銅色的皮膚、潔白的牙齒和閃亮的眼睛裡閃爍；整個村莊的人都在取暖，像孩童那樣嘻笑打鬧。

過了一會兒，等他們更熟悉使用火的技巧之後，杜立德醫生便為他們示範——只要在屋頂上弄一個洞，讓煙冒出去，就可以在屋子裡使用火。經過了又累又漫長的一天，當我們準備睡覺的時候，村子每一間茅草屋裡都有火可以用了。

能夠再次溫暖起來，這些可憐的人都感到很高興，我們還以為他們不打算睡覺了呢！清晨時，小村子裡到處都有人在低語，因為波西佩多人起床後都在談論那位白皮膚的好訪客，還有他帶來的奇怪好東西——火！

4 爲什麼蜘蛛猴島會漂浮？

見識過波西佩多人的熱情之後，我們很快就發現，要是想做什麼事情，就得暗中進行，因為醫生非常受歡迎，所有人都愛他——只要醫生一露臉，在門外耐心等候的愛慕者都會圍到他身邊，醫生走到哪裡他們就跟到哪裡。我想，杜立德醫生完成了生火的偉大事蹟之後，這些如孩子般淘氣的人應該都希望他可以繼續變魔術，並且決心一個都不要錯過。

我們費了好一番功夫，才躲過隔天早上的人群，和長箭一起出發，自在開心的探索這座島嶼。

我們發現，寒冷的天氣影響的不只有植物和樹木，動物的處境更是艱難。到處都能看見鳥在發抖，他們膨起羽毛、聚集起來，飛向溫暖的地帶，不過我們也在地上看到很多死掉的鳥兒。往海邊走的路上，我們看著大量的陸生螃蟹往海邊逃，尋找更適合的地方居住。往東南邊走時，我們看見很多漂浮的冰山，表示我們已經離可怕的南極不遠了。

我們往大海望去，發現海豚朋友正在浪中跳躍，杜立德醫生向他們打招呼，他們也靠了過來。

醫生問他們，離南極大陸還有多遠。他們說，還有一百六十公里左右，並問醫生為什麼會這麼問。

「因為我們所在的這座島嶼正隨著海流往南漂，」他說，「這座島嶼通常在熱帶地區，那裡的天氣非常潮溼悶熱，會讓人中暑。如果繼續往南漂，過不了多久，島上的一切生命都會死去。」

「嗯，」海豚說，「所以要讓這座島回到溫暖的地方嘍？」

「是啊，但是該怎麼做呢？」杜立德醫生說，「又不能把它划回去。」

「是不行，」海豚說，「但是可以讓鯨魚推呀，只要找到足夠的鯨魚。」

「這個主意太棒了！鯨魚，就是他們！」醫生說，「你們可以幫我找一些鯨魚過來嗎？」

「哦，當然啊，」海豚說，「我們剛剛在海裡碰見一群鯨魚，他們在冰山堆裡嬉戲，我們去找他們過來。要是數量不夠，我們就再試著多找一些，最好多一點。」

「謝謝你們，」醫生說，「你們真好心。對了，你們知道這座島為什麼會漂嗎？我注意到這座島有一半都是石頭組成的，會漂起來真是奇怪，不是嗎？」

「這座島的確很不尋常，」海豚說，「不過原因也很簡單，它之前是南美洲山區的一部分——一塊懸空的陸地——說起來也許挺奇怪的。在好幾千年的冰河時期，它斷裂了、與陸地分離，然後又因為某些奇特的巧合，在掉進海裡時空氣跑進了它中空的內部。你現在看到的只有不到一半的島嶼，水底下的那一半更大。而在島嶼下半部的中央，有一個巨大的岩石氣室，通往山脈的內部，這就是為什麼它會漂浮的原因。」

「真是個奇特的現象！」邦波說。

「的確很奇特，」杜立德醫生說，「我得把這個記下來。」於是拿出了他永遠都在寫的筆記本。

海豚出發往冰山游去，沒過多久，就看見海面鼓起、噴出泡沫，因為有一大群鯨魚以極快的速度朝我們游來。

鯨魚這種生物真的非常巨大，而且少說也有兩百隻。

「他們來了，」海豚把頭伸出水面說。

「很好！」醫生說，「可以請你跟他們說明一下嗎？目前的狀況對島上所有生物都非常危急，問他們願不願意游到島嶼的另一邊，用吻部把島嶼推回巴西南部附近的海岸。」

海豚顯然成功說服鯨魚答應杜立德醫生的請求了，因為我們很快就看到他們在海裡翻騰，往島嶼的南邊游去。

接著，我們躺在海邊等待。

過了大約一小時，醫生起身丟了一根樹枝到海裡。一開始，樹枝動也不動的浮在海面上，但是我們很快就看見它沿著海岸慢慢移動。

「啊！」醫生說，「看見了嗎？島嶼終於往北移了，謝天謝地！」

我們遠離樹枝的速度愈來愈快，天際線那邊的冰山也愈來愈小、愈來愈暗。

醫生拿出手錶，接著往海裡丟了更多樹枝，開始快速計算。

「嗯！每小時十四．五節，」他喃喃的說，「這個速度很棒，大約五天就可以回到巴西附近了。就這樣吧，我的煩惱少了一大半，甚至都開始覺得溫暖了呢。我們去找東西吃吧。」

5 島上的可怕戰爭！

回村子的路上，杜立德醫生開始和長箭討論起自然史。他們主要談論的是植物，不過最有趣的部分才正要開始，就有一位印第安人衝到我們面前傳遞消息。

長箭臉色凝重，聆聽這位印第安人氣喘吁吁的說著模糊不清的話，接著轉身對醫生用老鷹的語言說：「了不起的白人啊，可怕的事情降臨在波西佩多了。我們南邊的鄰居，也就是賊盜般的巴加德拉人，長久以來都在覬覦我們儲存的成熟玉米。他們開啟了戰爭之途，正準備要攻擊我們。」

「的確是可怕的消息。」杜立德醫生說，「不過先別嚴厲的批判，他們也許很需要食物，或許作物在收成之前就被霜給凍壞了。他們住的地方不是比你們還要南邊嗎？」

「別為巴加德拉人找藉口，」長箭搖搖手說，「他們遊手好閒又懶散，還逮到了不用耕種就能獲得玉米的機會，要不是因為他們的部落比較大，想靠數量打敗鄰近的我們，他們才不敢和勇敢的波西佩多人開戰。」

我們抵達村莊時，村裡的人都非常激動，男人都在整理弓、削尖長矛、磨利戰斧，並製造數以百計的箭。女人用竹子豎起高高的圍籬，圍住村子；巡邏兵和使者不斷來回穿梭，帶回敵人的最新動態；我們也看見樹上和山坡上，有瞭望兵在監視南邊的山。

長箭帶來另一位印第安人，告訴醫生他叫「大牙」。他長得很矮，但是非常壯碩，是波西佩多的戰士首領。

醫生自告奮勇說他願意去見敵人，試著用和平的方式解決這件事、免除戰爭，還說戰爭只不過是愚蠢又耗費資源的事情。但是他們都搖搖頭，並對這個計畫不抱任何希望，上次開戰時就派出了使者進行和平談判，但是敵人的回應就是用斧頭攻擊他。

就在醫生問大牙準備如何抵禦攻擊、防衛村莊時，瞭望兵發出了警戒的呼聲。

「他們來了！那些巴加德拉人，上千人湧下山了！」

「嗯，」醫生說，「該做的事情還是得做吧，我並不認同戰爭，但是如果村子遭到攻擊，我們一定要幫忙防衛。」

於是醫生撿起地上的棍子，在手上掂了掂，接著與石頭比較了一下重量。

「這個似乎很好用，」醫生說，接著就走向竹籬，加入了備戰中的戰士。

我們也找了東西當武器，幫助我們的朋友，也就是英勇的波西佩多人。我借了一把弓和裝滿箭的箭筒；儘管老了，但吉卜準備仰賴依然強健的牙齒；奇奇拿了一袋石頭並爬上棕櫚樹，這樣就可以拿石頭丟敵人的頭；邦波則是跟著醫生走向竹籬，一隻手拿小樹當武器，另一隻手抓著從門上拆下的柱子。

當敵人近到從我們站的位置就能看見時，我們都驚訝的倒抽了一口氣。整片山坡都被他們塞滿了，不計其數。相形之下，我們村子裡的小軍隊看起來好少好少。

「我的媽呀！」波妮咕噥著說，「我們這一點人根本敵不過他們的大軍，不可能的，我要去討救兵了。」

我完全不知道她要去哪裡、去討什麼樣的救兵，波妮就這樣從我的旁邊消失了。但是聽見波妮的這番話後，吉卜便把鼻子伸到竹籬的縫隙之間，想把敵人看得更清楚一點，接著說：「她應該是去找黑鸚鵡了，希望她可以及時找到。看看那些醜陋暴徒爬下石頭的樣子……人太多了！這場仗我們有得忙了。」

吉卜說得沒錯，不到十五分鐘，村子就被一大群怒吼的巴加德拉人給團團包圍。

儘管我也參與了整段過程，但是一切都發生得太快了，一件又一件。回過頭來看，我只覺得場面一團混亂。我只知道，要不是因為有「恐怖三人組」──也就是長箭、邦波和杜立德醫生，波西佩多的歷史給了他們這個可愛的稱號──戰爭很快就會結束，整座島都會被差勁的巴加德拉人占領。由英國人、非洲人和印第安人組成的組合，讓這座村莊成了敵人的夢魘。

匆匆豎立的竹籬並不堅固，所以敵人一蜂擁上前，就被攻破了，破口一個接著一個。這時，杜立德醫生、長箭和邦波就會趕到失守的地方，上演華麗的肉搏戰，將敵人趕出去。不過，幾乎在同一時間，村子的某一處又會傳來警戒聲，這三個人又會趕過去重複同樣的事。

波西佩多人並不是凶惡的戰士，但是當這三位有著不同膚色，又來自不同地方的人站在一起甩棍子，加上他們的體重和力量，任何人都會對他們讚嘆連連。

好幾個星期之後，我在夜裡經過印第安人的營火時，都聽見他們在唱這首歌。從那時候開始，這首歌就成了波西佩多人的傳統歌謠。

〈恐怖三人組之歌〉

噢，來聽恐怖三人組之歌，
以及那場海邊的戰役。
巴加德拉人衝下山，翻越石頭和峭壁，
如黃蜂般湧現……

他們包圍我們的村莊、打破我們的圍牆。
噢，我們的人民與家園都令人哀傷！
但是上天決心要讓我們的土地自由，
派出了恐怖三人組來幫忙。

一個是黑人，他黑得像黑夜；
一個是印第安人，他高得像高山；
但是首領是白人，他圓得像蜜蜂；
恐怖三人組站成一排。

✦恐怖三人組。印第安人的石刻畫，發現地點為蜘蛛猴島的鷹頭山。

他們肩並肩，又敲又打；
他們像憤怒的惡魔，又踢又咬；
像終結對手的人牆，站成一排，
擺平敵人，一次打六個。

噢，紅皮膚的多麼強壯，黑皮膚的多麼凶猛，
巴加德拉人發抖想回家。
但是白人讓他們大喊：「當心！」
他將一群又一群的人拋向空中！

紅黑白人的故事，
把壞孩子都給嚇壞。
我們永遠歌頌恐怖三人組，
以及那場海邊的戰役。

6 鸚鵡軍團與波妮將軍

但是，哎呀！連如此強而有力的恐怖三人組，也無法和源源不絕的大軍對抗下去。在最激烈的一場混戰當中，敵人在竹籬上攻破了一個特別大的洞，我看見長箭高大的身軀搖搖晃晃、倒了下來，寬闊的胸膛上插了一支長矛。

邦波和杜立德醫生肩並肩，又戰鬥了半個小時，我不知道他們怎麼有力氣戰這麼久，連喘氣和放鬆手臂的時間都沒有。

而要是你見到安靜、和善、愛好和平又矮小的醫生那天反制攻擊的樣子，你大概也認不出是他——他往四面八方痛打，重鎚的聲音可是在一公里外的地方就能聽見。至於邦波，那雙瞪大的眼睛和恐怖的牙齒簡直就是名副其實的惡魔。沒有人敢靠近那根到處揮舞的恐怖柱子，但是一顆石頭巧妙的擊中了他的額頭中心，於是恐怖三人組的第二個人倒下了，只剩下杜立德醫生獨自作戰。

我和吉卜匆匆趕到醫生旁邊，遞補那兩個空缺，但是我們又小又輕，根本無法和之前的戰力相比。另一道竹籬倒塌了，巴加德拉人像洪水一樣穿過破口湧了過來。

「乘獨木舟！去海邊！」波西佩多人大喊，「逃命吧！一切都結束了！我們輸了！」

但是我和醫生完全沒有機會逃命，我們倒了下來，被暴徒的重量給壓在地上，而且一倒下就爬不起來了，我想我們肯定會被踩死。

但是就在這個時候，我們在打鬥的嘈雜聲中聽見了前所未聞的可怕聲音。那是成千上萬隻鸚鵡的聲音，他們發出了憤怒的刺耳尖叫聲。

波妮在關鍵時刻帶來的援軍讓西邊的天空變得一片漆黑。後來，我問她有多少隻鳥兒前來幫忙，她說她也不知道確切的數字，但是肯定有六千萬到七千萬隻。在那麼短暫的時間內，波妮把他們從南美洲帶來了。

如果你聽過鸚鵡尖叫的聲音，就會知道那有多恐怖；如果你被鸚鵡咬過，就會知道那非常難受、非常的痛。

黑鸚鵡（他們全身都是碳黑色的，除了猩紅色的鳥嘴，以及翅膀和尾巴上的一道紅紋）在波妮一聲令下，開始攻擊巴加德拉人——當時，這些人正湧入村裡準備掠奪東西。黑鸚鵡的攻擊方式很奇特：每一個巴加德拉人的頭上都有三到四隻鸚鵡，鸚鵡用爪子緊緊抓住他們的頭髮，接著傾身開始啄他們的耳朵，活像在車票上打洞的驗票人員。這就是鸚鵡的攻擊方法，除了耳朵，鸚鵡不會攻擊其他的地方，但是卻讓我們贏得了勝利。

巴加德拉人發出令人同情的哀嚎，倉皇逃出這個不幸的村莊時還撞成一團。他們沒辦法趕跑頭上的鸚鵡，因為每個人的頭上還有超過四隻鸚鵡等在旁邊，迫不及待的準備攻擊。

有些敵人很幸運，只被啄了一、兩口就逃出竹籬，而離開之後鸚鵡也很快就放過他們。但是大多數的人，在鸚鵡停止攻擊之前，耳朵就已經變成奇形怪狀的了，很像郵票的鋸齒邊緣。這樣的攻擊讓他們非常痛苦，但是除了外觀上的改變，並不會對他們造成永久的傷害。後來，這些傷痕也成了巴加德拉人的部落標記，部落裡聰明的年輕小姐都會和有這種耳朵形狀的人走在一起，因為這是參與過偉大戰役的證明，巴加德拉人也因此被其他印第安部落稱為「破耳朵巴加德拉」（雖然大部分的研究者都不知道這個由來）。

等敵人都離開村莊，杜立德醫生便開始關心受傷的人。

雖然這場戰役持續了很久，也很激烈，但是受重傷的人其實意外的少，可憐的長箭是最慘的一個。不過，在醫生清洗他的傷口並扶他上床之後，他睜開眼睛說自己已經感覺好多了。而邦波，他只是嚇了一大跳。

事情都處理好之後，醫生呼喚波妮，要她請黑鸚鵡把敵人趕回他們的地盤，並且在那裡待命、看好他們。波妮下達了簡短的命令，眾多鸚鵡便張開紅色的鳥嘴，再次發出可怕又尖銳的戰吼。

巴加德拉人可不願意繼續被咬，所以倉皇逃走，翻過那些來時所經過的山丘；波妮則是和她的勝利大軍尾隨在後，監視著，就像一團威嚇的大烏雲。

醫生撿起在打鬥中被打掉的高帽，仔細拍去上面的灰塵，再戴到頭上。

「明天，」他說，並往山丘揮舞拳頭，「我們會擬定和平條約，而且會在巴加德拉的地盤上進行！」

波西佩多人發出勝利的喝采，回應醫生的話。戰爭結束了！

7 鸚鵡的和平約定

隔天，我們出發前往島嶼的另一頭——乘坐了二十五小時的獨木舟後抵達，因為我們從海上過去。我們在巴加德拉只會有短暫而必要的停留。

杜立德醫生決定投入波西佩多的戰役時，我才第一次見到他這麼生氣。不過他一旦憤怒起來，就很難消氣。沿著海岸前進的過程中，他都在責罵那些懦弱的人，說波西佩多人是朋友，巴加德拉發動攻擊根本沒有道理，只是想奪取玉米，只因自己懶惰、不想耕種土地。到了巴加德拉，他還是非常生氣。

長箭沒有跟我們一起去，因為他受了傷，太過虛弱。不過一向很擅長語言的杜立德醫生已經熟悉印第安語；而且，六位陪我們一起划獨木舟過去的波西佩多人之中，有一位男孩已經跟我們學了一點英語，他和醫生會想辦法讓巴加德拉人了解他們的意思。一片黑壓壓的可怕鸚鵡盤旋在山丘上的石頭城鎮上方，等待命令準備俯衝攻擊，這讓巴加德拉人的態度都非常恭敬。

我們把獨木舟留在海邊、踏上道路，前往酋長的宮殿。當我們看見人群在兩側等待並且深深的鞠躬時，我和邦波都忍不住露出了滿意的微笑。我們的前方是醫生圓潤矮小的憤怒身影，他正昂首闊步的前進。

宮殿前的階梯下方，酋長和部落裡的重要人士都等著接見醫生。他們恭敬的微笑，並且友善的伸出手。但是醫生完全沒有注意他們，而且直接走過去、踏上階梯，來到宮殿的大門。醫生在那裡轉過身來，開始用堅定的語氣和所有人說話。

我從來沒有聽過這樣的演說，也十分肯定他們沒聽過。首先，醫生用一串好長的話來稱呼他們：懦夫、懶人、賊盜、不做正經事、一無是處、惡霸，諸如此類的。接著醫生說，他依然在認真考慮是否讓鸚鵡把巴加德拉人趕進海裡，這樣就可以將這些沒有用的傢伙從宜人的島嶼上永遠趕走。

這時候，巴加德拉人開始哭喊，乞求醫生憐憫他們，酋長和所有人都跪了下來，大喊說他們願意接受約定來維繫和平。

接著，醫生找來他們的抄寫員，也就是用圖像做紀錄的人。醫生吩咐那個人，按照他的指示，在巴加德拉宮殿的石壁上畫下和平約定。這個約定就是「鸚鵡的和平約定」，而且這個約定和大部分的和平約定不一樣，即使到今日，他們依然嚴格的遵守。

這個約定十分冗長，圖像幾乎掩蓋了一半的宮殿正面，疲累的抄寫員用掉五十罐顏料才將它完成。約定裡最重要的是不能再戰爭，兩個部落必須嚴正的許下承諾，當玉米欠收或有其他危機時，要互相幫助。

這讓巴加德拉人大吃一驚，因為醫生憤怒的模樣讓他們以為，他至少會砍掉一百個人的頭，而且還可能會讓剩下的人當一輩子的奴隸。

但是當他們看到醫生的用意很善良時，他們深深的恐懼變成了深深的景仰。而當醫生結束演說、輕快的走下階梯前去搭獨木舟時，首領都跪到他的腳邊高喊：「留下來吧，偉大的君主！巴加德拉所有的財富——我們在山裡發現的金礦和海面下的珍珠礦——都將為你所有。只有留下來，你全能的智慧才能帶領我們的議會和人民走向繁榮與和平。」

醫生舉起手，要大家安靜。

「在你們用行為證明自己是誠實正直的民族之前，」醫生說，「沒有人願意到巴加德拉作客。要誠實遵守約定，這樣你們就會擁有好的政府與繁榮。再見！」

接著醫生轉身，我和邦波、波西佩多人跟隨在後，快步走向獨木舟。

8 懸在空中的石頭

不過，巴加德拉人的改變確實是真心誠意的。杜立德醫生在他們心中留下了深刻的印象，比醫生原以為的還要深。事實上，有時候我也認為，醫生在宮殿階梯上的那場演說，對蜘蛛猴島印第安人的影響比其他偉大的事蹟都還要大。那些事蹟固然偉大，不過也在口耳相傳的過程中被誇大了。

醫生來到獨木舟停泊的地方時，一個生病的女孩被帶到他面前，不過她的病症十分單純，醫生很快就開了藥給她。不過，這又讓他更受歡迎了，他踏進獨木舟時，圍在我們旁邊的人都哭了起來。我後來才知道，他們似乎以為醫生要渡海，回到他從前待的神祕國度，再也不會出現了。

我們遠離陸地時，幾位巴加德拉首領和波西佩多人說了一些話，我聽不懂內容，不過我們發現，一些巴加德拉人也划了幾艘獨木舟，恭敬的和我們保持著一段距離，一路跟我們一起回波西佩多。

醫生決定要繞另一邊回去，這樣我們就可以完整繞行島嶼一周。

啟程後不久，還在島嶼南部時，我們看見了一段陡峭的沿岸地帶，那裡的海水四處亂竄，還冒著白沫。靠近一點後才發現，我們的鯨魚朋友還在那裡辛勤的工作，用吻部推動島嶼的這一頭、把我們往北推。我們忙著打仗，都把鯨魚給忘了。但是，當我們停下來看巨大的鯨魚尾巴在海裡拍打、攪動時，突然發覺自己已經許久沒有覺得寒冷了。我們加快速度，沿著海岸前進，以免離移動中的島嶼愈來愈遠，接著就發現岸邊很多樹木都開始轉綠、變得更健康，蜘蛛猴島正恢復原本的氣候。

回波西佩多的路上，我們上了岸，用兩三天的時間探索島嶼中央地帶。為我們划船的印第安人帶我們上山，這裡的山都又高又陡、聳立在海面上。他們說，這個地帶叫做「耳語岩」。

這裡的景象非常奇特，也很驚人，就像位在山裡的廣闊盆地或圓形廣場。它的中間有一個石檯，上面還有一張椅子。四周的山都像階梯或是劇場裡的座位，一路延伸到非常高的地方，只有一處狹小的開口能看見海景。你可以把它想像成巨人開會的議場，或是表演場地，中間的石桌就是表演者的舞台，或是演講的講台。

我們問印第安嚮導：「為什麼這裡叫耳語岩？」他們說：「走下去，我們示範給你們看。」

這個圓形大劇場的深度高達好幾公里，寬度也有好幾公里。我們爬下石頭，他們便開始示範：即使人站在很遠的地方，彼此之間距離很遠，在這個地方說悄悄話，劇場裡的每一個人都能聽見。醫生說，這是因為回音會在高聳的石牆之間來回傳送。

嚮導告訴我們，在很久很久以前，國王的加冕典禮就是在這裡舉行的，當時整座島都是波西佩多人的地盤，石檯上的象牙椅就是國王的寶座。由於這個地方非常大，島上

✈鯨魚在島嶼的這一頭，用吻部把我們往北推。

所有印第安人都能來這裡觀看加冕儀式。

他們還帶我們去看一顆懸在火山口邊緣的巨石，那是整座島最高的地方。雖然巨石離我們非常遙遠，但我們還是能看得清楚——那顆巨石看起來非常不穩，似乎用手就可以把它推下去。印第安人表示，族人之間流傳著一個故事，就是當波西佩多最偉大的國王在象牙椅上接受加冕時，這顆石頭就會掉進火山口、進入地球的中心。

杜立德醫生表示，他想到近一點的地方看那顆巨石。

我們來到火山口附近時（我們花了半天的時間才爬上去），發現那顆巨石大得令人難以置信，就像一座教堂那麼大。往下一看，火山口似乎深不見底。醫生解釋，火山會從頂端的洞裡噴出火焰，但是這座島上的火山都是已經冷卻且死去的死火山。

「湯米，」醫生說，一邊抬頭望著高高聳立的巨石，「如果這顆巨石掉進去，你知道會發生什麼事嗎？」

「不知道，」我說，「會發生什麼事？」

「還記得海豚跟我們說過，島嶼中央有個氣室嗎？」

「記得。」

「這顆石頭夠重，如果掉進火山裡，往下衝進氣室，就會擠出空氣，那這座島嶼就不會漂了，它會沉下去。」

「那島上所有人不就會溺死嗎？」邦波說。

「噢，那倒不見得。這要看它下沉時的海有多深，如果深度只有三十公尺，島嶼可

✦耳語岩，看起來就像巨人開會的議場。

能就會觸底，還會有很大一部分露在海面上，對吧？」

「是的，」邦波說，「我想應該是這樣。那就讓我們祈禱這顆笨重的石塊不會失去平衡，因為我不認為它會停留在地心，比較可能會穿過整個地球，從另一頭蹦出來。」

印第安人還帶我們去看了許多島嶼中央的奇景，不過我沒有時間，也沒有篇幅可以一一告訴你們。

我們再次下山、往海邊走，途中還發現即使在高山上，跟隨我們的巴加德拉人依然在注意我們。我們再次出海後，有一艘巴加德拉船領先我們朝波西佩多划去。他們的獨木舟比較輕盈、速度比我們快，如果波西佩多就是他們的目的地，他們應該會比我們早好幾個小時抵達。

醫生開始著急了，他想知道長箭的狀況，所以我們輪流划槳，在月光下連夜前進。

抵達波西佩多時，天空正好破曉。

我們驚訝的發現，整晚沒睡的不只我們，全村的人也是，有一大群人聚集在死去酋長家外面。我們把獨木舟停靠在海灘時，看見了好多老人，也就是部落裡的長者，正從那間屋子裡走裡出來。

我們問發生了什麼事，他們說新酋長的選舉已經進行了一整夜。邦波問他們新酋長的名字，不過這個消息似乎還沒發布，要到中午才會宣布。

杜立德醫生看過長箭，了解他恢復得還不錯之後，我們便回到位在村子盡頭的屋子，吃點早餐，再躺下來休息。

我們真的很需要休息，因為自從踏上這座島嶼以後，我們都過得很辛苦，也很忙碌。疲累的腦袋碰到枕頭之後，沒幾分鐘，所有人都呼呼大睡了。

9 波西佩多的新酋長

我們被音樂聲吵醒，炫目的正午烈日從大門照了進來，似乎有樂團在外頭演奏。我們起床往外看了看，全村的人都圍繞著我們的屋子。我們已經習慣外面有好奇又仰慕我們的印第安人，但是現在的狀況很不一樣，大批人潮都穿上了最華麗的服裝，用明亮的珠子、華麗的羽毛和鮮豔的毛毯為畫面增添了歡喜的色彩。大家的心情似乎都很好，都在歌唱或演奏樂器——大多是彩繪的木製笛子，或獸皮製成的鼓。

我們找到了波妮——我們睡覺時，她也從巴加德拉回來了，並且坐在門口柱子上看表演。我們問她這番慶祝是怎麼回事。

「選舉結果出爐了，」她說，「中午的時候，他們公布了新酋長的名字。」

「新酋長是誰呢？」醫生問。

「你呀。」波妮小聲的說。

「我？」醫生驚呼，「竟然是我！」

「是啊，」她說，「就是你——還有，他們幫你改了姓，他們覺得以貢獻這麼大的人來說，『杜立德』這個姓氏不夠尊敬，所以你現在是『約翰·立大功』了。你喜歡嗎？」

「可是我不想當酋長啊。」醫生有點惱怒的說。

「你恐怕難以脫身了，」波妮說，「除非你願意坐搖搖晃晃的獨木舟出海。你不只被選為波西佩多的酋長，你還要當國王了呢！而且是整個蜘蛛猴島的國王。巴加德拉人很希望你能統治他們，所以派出了間諜和使者，搶先你一步來到這裡。當他們發現你在一夜之間被選為波西佩多的新酋長時，都很難受又失望；不過巴加德拉人寧願放棄獨立，也不願意徹底失去你，所以堅持要跟波西佩多合併，讓你成為兩邊的國王。這下你逃不掉了。」

「噢，天哪！」醫生咕噥著，「真希望他們沒有這麼熱情！真麻煩，我不想當國王啊！」

「醫生，」我說，「我還以為你會很驕傲、很高興呢，我倒是很希望自己有機會當國王。」

「噢，我知道國王聽起來很棒，」他說，一邊痛苦的穿上靴子，「但問題是，你不能擔起了這個責任，又在不想擔的時候把責任推掉。我有我的工作要做，自從踏上這座島嶼，我幾乎沒有時間可以研究自然史，都在忙別人的事情……他們竟然還要我繼續下去！啊，等我當上波西佩多的國王，我這個博物學家就廢了，會忙得什麼事情都做不了，到時候我就會……呃——只是個國王而已。」

「當國王很好啊！」邦波說，「我父親就是國王，而且他有一百二十個妻子。」

「那樣更糟，」醫生說，「糟個一百二十倍。我有我的工作要做，我不想當國王。」

「聽著，」波妮說，「他們要來宣布你當選的消息了，快綁好鞋帶。」

門口的人潮突然分成兩半，讓出了一條長長的走道。我們看見一群大人物朝我們走來，最前面的是一位英俊的老印第安人，他的臉上有許多皺紋，手裡拿著一個木皇冠。即使是木頭做的，那個皇冠依然非常華麗漂亮，有精美的雕刻和彩繪，正前方還插著兩根美麗的藍色羽毛。那位老人後面有八位強壯的印第安人，他們抬著轎子，也就是某種椅子，但是底下有方便搬運的長把手。

那位老人單膝跪下，向站在門邊正在打領帶的杜立德醫生問好。他鞠躬時，頭低得都快碰到地面了。

「噢，偉大的人哪，」他說，「我們帶了波西佩多人的消息給你。你那超乎想像的豐功偉業，你那善良的心與智慧，再再都深過大海。我們的酋長死了，人民急需一位夠資格的領袖。因為你，我們從前的敵人巴加德拉已經成了我們的兄弟與好友，他們同樣希望能沐浴於你的恩惠之中。看哪！我帶來了波西佩多神聖的皇冠。古時候，這座島和人民尚未分裂，由一位君王所統治，在那之後，就沒有任何人戴上這頂皇冠。噢，善良的人哪，我們將依照島上人民一致的意見帶你去耳語岩。在所有敬意與皇權之下，你將在那裡加冕為我們的國王，成為統治整座漂浮島嶼的國王。」

這些好心的印第安人似乎都沒有想過杜立德醫生有可能會拒絕。至於可憐的醫生呢，我從沒見過他這麼苦惱的樣子。事實上，我只見過一次他反應這麼劇烈。

「噢，天哪！」我聽見醫生喃喃的說，一邊四處張望，想找機會逃走，「我該怎麼辦？有人看到我把襯衫領釦放在哪裡嗎？沒有領釦我要怎麼打領帶？今天真是的！說不定滾到床底下了，邦波——他們應該要給我一天的時間考慮，誰會把人叫醒，在他連臉都還沒洗的時候就告訴他他要當國王了，哪有這種事？你們都找不到嗎？說不定在你腳下，邦波，把腳移開。」

「噢，別找領釦了，」波妮說，「你就別打領帶去接受加冕吧，他們不會知道有什麼差別的。」

「我說，我不會接受加冕。」醫生高喊，「我會盡我所能拒絕，我會對他們發表演說，也許他們就會滿意。」

醫生轉身朝向門邊的印第安人。

「我的朋友，」他說，「你們給予我這份偉大的榮耀，我擔當不起，我一點也不懂得怎麼當國王。在你們英勇的族人當中，一定有人更適合領導你們。我非常感謝你們對我的讚美、信賴與託付。但是，我懇求你們，別將如此重大的責任交給我，我不可能辦得到。」

那位老人對身後的群眾大聲重複了杜立德醫生的話，但是他們不為所動的搖搖頭，完全沒有移動腳步。老人轉身面對醫生。

「你雀屏中選，」他說，「他們不要別人，只要你。」

醫生不解的表情突然閃現了一絲希望。

「我去見見長箭，」他悄悄對我說，「也許他會知道該怎麼讓我脫身。」

醫生請那些人讓他暫時離開之後，便把大家留在門口，匆匆趕往長箭的屋子，我也跟了過去。

這位高大的朋友躺在屋外的草床上，他被移到這裡，好目睹慶祝的盛況。

「長箭，」醫生用老鷹的語言飛快的說，這樣就不會被旁人聽見，「我遇到了可怕的危機，希望你幫忙。這些人要我當他們的國王，要是這種事情降臨在我身上，那我想完成的偉大工作都無法實現，畢竟有誰比國王更不自由呢？我懇求你和他們談談，說服他們善良的心，告訴他們這個打算並不明智。」

長箭用手肘撐起身體。

「噢，善良的人哪，」他說（這句話好像已經變成他們對醫生的尊稱了），「我實在很難過，這是你對我的第一個請求，我卻沒辦法答應。唉！我什麼忙也幫不上，這些人要你當國王的心意非常堅決，要是我試圖干涉，他們可能會把我趕走，最後還是加冕你。你一定要當國王，就算只有一下子也好。我們要制定治理國家大事的方式，讓你有空閒的時間可以貢獻於大自然的奧祕。之後，我們再想一個計畫讓你卸下國王的重擔。但是現在你一定要當國王，這個部落的人很固執，他們說到做到，沒有別的辦法。」

醫生難過的轉身，那位老人又來到醫生身後了，他滿是皺紋的手依舊捧著皇冠，高貴的轎子也等在他旁邊。轎夫致上深深的敬意、朝轎子上那張椅子比劃一下，邀請醫生上轎。

醫生又開始四處張望，絕望的想找方法逃走，我一度以為他會拔腿就跑。但是周圍的群眾實在又多又密，很難突破。一支由笛子和鼓組成的樂隊突然演奏起隆重的進行曲，醫生又一次回過頭，懇切的望著長箭，嘗試最後一次。但是這位高大的印第安人只是搖搖頭，並且和轎夫一樣指了指等在一旁的轎子。

最後，醫生幾乎是帶著淚，慢慢走向轎子並坐下。就在轎夫用寬闊的肩膀抬起他時，我依然聽見醫生無力的喃喃低語：「真不想接受！我又不想當國王！」

「再見！」長箭在床上呼喊，「祝你當國王順利！」

「他來了！他來了！」群眾喃喃的說，「去吧！去吧！去耳語岩！」

當隊伍集結起來、準備離開村子時，群眾都開始往山區趕去，為了在那座進行加冕儀式的大劇場裡找個好位子。

10 立大功國王的加冕典禮

漫長的一生中，我見過許多盛大又讓人振奮的事情，但是只有那天在耳語岩目睹「加冕立大功國王」的場面，能讓我印象如此深刻。我、邦波、奇奇、波妮和吉卜抵達了讓人眼花撩亂的圓形劇場邊緣，往裡面看時，就像望著沒有邊際的大海，滿滿都是古銅色的面孔，所有位子都被準備觀禮的男男女女和孩子給坐滿了——包括長箭，他躺在病床上被人抬了過去。

但是，耳語岩的莊嚴寂靜並沒有被半點聲音破壞，一丁點都沒有。這種感覺很詭異，也讓背脊感到陣陣寒慄。後來邦波告訴我，他訝異得說不出話，而且在那天之前，他不知道這個世界上有這麼多人。

王位旁邊有一根嶄新且色彩鮮豔的圖騰柱。印第安人的家裡都有圖騰柱，他們把它立在家門前，就像門牌或是名片的概念，上面的雕刻彰顯著這家人的事蹟和品德。這根裝飾精美的圖騰柱比其他的還要高，也是杜立德家族的圖騰柱，或者以後都要稱之為「立大功皇家圖騰柱」了。柱子上面全都是動物，藉此象徵醫生擁有淵博的動物知識，而那些動物都是印第安人認為能彰顯良好特質的物種，例如鹿代表速度、牛代表勤奮、魚代表深思熟慮，諸如此類。但是圖騰柱的頂端一定會有一個標誌或動物，代表這家人最引以為傲的精神。而在這根立大功皇家圖騰柱上，則是一隻巨大的鸚鵡，為了紀念著名的鸚鵡和平約定。

象牙寶座已經用芳香油脂給擦亮，在烈日下閃耀著白色的光芒。王座的腳下鋪著大量開花樹木的枝條，重新回到溫暖又和煦的氣候之後，這些植物都在島嶼的山谷裡開了花。

我們很快就看見了皇家轎子，它緩緩爬上石檯的迴旋梯，而醫生就坐在上面。終於，轎子來到平坦的檯面並停下，醫生走了出來，踏上鮮花鋪成的地毯。這片寂靜是如此的靜謐完美，即使在距離這麼遠的高處，我也能清楚聽見樹枝被他踩斷的聲音。

醫生在那位老人的陪同下走向王位，踏上台階後坐了下來。在這麼高的位置上，他那圓滾滾的小身影顯得多麼渺小啊！這個王位是為長腿的國王所打造的，所以當醫生坐下時，腳都無法著地，懸在離台階十五公分高的地方。

接著，那位老人轉身，仰望人群後開始以平靜和緩的聲音說話，但是他說的每一個字都清楚的傳到了耳語岩最遠的角落。

他先朗誦了很久以前偉大的波西佩多國王的名字，他們都是在這個象牙椅上接受加冕。他也提到波西佩多人的偉大事蹟、他們的勝利，以及他們的艱辛。接著，他把手揮向杜立德醫生，開始細數這位準國王所做的事情。我必須說，這些事跡輕輕鬆鬆就勝過了前國王們的功績。

當他開始談起醫生為部落所做的事情時，肅靜的人們都開始向王位揮舞右手。這個動作讓整個場地有了非常奇特的畫面：有一大片東西在晃動，卻一點聲音也沒有。

最後，老人的發言結束，他走上前去，恭敬的取下醫生破舊的高帽。就在他準備把高帽放在地上時，醫生急忙把它拿過來放在腿上。老人接著拿起神聖的皇冠，將它戴在醫生的頭上。它的大小不太合適（因為它是為頭比較小的國王打造的），當風從陽光普照的海面吹來，要把皇冠穩穩戴在頭上就不容易了。不過，它看起來還是非常華麗。

「波西佩多的人民，看哪，這就是你們選出來的國王！你們滿意嗎？」這時，群眾終於不用噤聲了。

「約翰！約翰！」他們喊道，「立大功國王萬歲！」

聲音猶如百炮轟鳴，打破了肅靜。在這裡，就算是悄悄話也能傳達數公里，所以這道聲波就像打在臉上的一記重拳。聲音在山嶺間來回震盪，轟隆隆的傳遍了整座島，在低谷中嗡嗡作響，也在遙遠的海蝕洞中隆隆作響，我還以為這些回音永遠不會消失。

突然，我看見那位老人往上一指，指向島上最高的山。我抬頭往旁邊望，正好看見那顆懸在山上的石頭慢慢從視線中消失——它掉進火山裡了。

「看哪，漂浮島嶼的人民！」老人喊道，「石頭已經落下，我們的傳說成真了，王中之王就在今天加冕了！」

醫生也看見石頭落下，他站起來，滿懷期待的望著大海。

「他在想那個氣室，」邦波在我耳邊說，「希望這裡的海沒有很深。」

整整一分鐘後（石頭落到底部的時間就是這麼長），我們聽到一聲悶悶的、遙遠的撞擊聲，嘶嘶的洩氣聲隨即傳來。醫生的表情很焦慮，他緊張的坐回王位，目不轉睛的盯著碧藍的海水。

我們很快就感覺到島嶼正往下沉。我們看到海水慢慢往內陸淹，這時海岸也正在往下沉——半公尺、一公尺、三公尺、十公尺、二十公尺、三十公尺。然後……謝天謝地，它停下來了！就像蝴蝶降落在玫瑰上那樣輕盈。蜘蛛猴島停駐在大西洋多沙的海底，大地再次與大地相接。

當然，海邊的許多屋子都沒入了水裡，波西佩多的村子也完全消失。但是這並不重要，重要的是沒有人淹死，因為島上所有人都在山上觀看立大功國王的加冕典禮。

印第安人當時並不知道這是怎麼回事，雖然他們感覺到大地正往下沉。後來杜立德醫生告訴我們，一定是因為有這麼多人同時發出吶喊，這個衝擊讓懸在山上的石頭掉了下來。但是在波西佩多的歷史記載中，這個故事是這樣流傳的（而且直到今日，他們依然深信不疑）：當立大功國王坐上王位時，由於他的體重實在驚天動地，這座島嶼為了向他致敬，便決定往下沉，再也不移動。

Part 6

新國王與新國度

1 波西佩多的新國王

「約翰．立大功」才統治這個新王國沒幾天，我對國王這個角色和國王的生活就大為改觀。之前，我以為國王的工作就是坐在王位上，整天讓別人到他面前鞠躬行禮幾次。但是現在，我發現國王也可以是全世界最辛勤的人——如果他認真工作的話。

從杜立德醫生一大清早起床的那一刻開始，直到深夜時分上床睡覺，一週七天他都在忙、忙、忙。杜立德醫生的第一件工作就是要建造新的城鎮，因為波西佩多人的村子消失了，需要新的波西佩多鎮。新城鎮的地點經過精挑細選，那裡非常漂亮，位在大河的河口。現在蜘蛛猴島的海岸形成了一個遼闊的海灣，獨木舟和船隻（如果有船要來的話）都可以安穩的下錨停泊，不會受暴風威脅。

建造這座城鎮時，杜立德醫生帶給了印第安人很多新的想法。醫生告訴他們什麼是下水道，還有每天都要將垃圾集中燒毀。他在高高的山丘上用水壩造了一個很大的湖，為城鎮供水。印第安人沒有見過這些，他們先前所遭受的許多病痛，有很多都是因為沒有良好的排水和純淨的飲用水。

沒有用火，當然也就沒有金屬，因為沒有火就幾乎不可能改變鋼鐵的形狀。於是杜立德醫生的首要任務之一，就是到山上尋覓，直到找到鐵礦和銅礦。接著，他又開始教導印第安人如何熔化金屬，將它製成刀子、耕田的工具、水管，以及各式各樣的東西。

醫生也試著在他的王國裡去除過去宮廷所講究的浮華與氣派。如他對我和邦波說的，如果他一定得當國王，就要當一個徹底實行民主的國王，也就是親民友善、不擺架子的國王。他在畫新波西佩多的設計圖時，上面完全沒有宮殿，只為自己規畫了一間位在偏僻街道上的小屋。

但是印第安人不同意，他們已經習慣作風講求高貴與堂皇的國王，堅持要杜立德醫生為自己打造前所未見的雄偉皇宮。在其他事情上，他們都照醫生的意思進行，但是不容許醫生逃避任何一個和「當國王」有關的儀式或表演。醫生必須在皇宮保留一千個僕人，日日夜夜等候他的吩咐，也要保留皇家獨木舟。那是一艘華麗又閃亮的桃花心木船，有二十一公尺長，上面鑲著珠母，並且由島上前一百位最強壯的人來划槳。皇宮花園超過兩平方公里，還雇用了一百六十位園丁。

可憐的杜立德醫生就連服裝也被迫穿得華麗又優雅，而且很不舒服。他喜愛的那頂舊高帽被收進了衣櫃，只能偷偷的看，還要隨時都穿著正式的長袍，偶爾偷溜出去、短暫探索一下自然史時，他都不敢穿自己的舊衣服，只能戴著皇冠追蝴蝶，讓鮮紅色的披風在身後飄揚。

杜立德醫生要盡的職責和要做的決定簡直無窮無盡，從解決田地和地界的爭執，到勸吵架的夫妻和好，包辦所有事情。皇宮的東翼是法庭，立大功國王必須每天早上九點到十一點坐在那裡，宣判所有送到他面前的案件。

✦杜立德醫生只能帶著皇冠追蝴蝶。

下午，杜立德醫生會到學校教書。他教的可不是一般學校裡會教的東西，大人和小孩都跑來學習，因為印第安人不了解很多事情，知識比白人孩子還少，不過他們知道很多成年白人都想不到的事情。

我和邦波都盡量幫忙，像是教基本算術這類簡單的事情。但是天文學、耕作的學問、嬰兒照護，以及很多科目，杜立德醫生必須親自教學。印第安人很樂於到學校學習知識，所以一批又一批的人前來。因此，就算是露天的課堂（學校當然容納不下），醫生也得將大家分批、接連上課，而且一次會有五、六千人，還要用很大的擴音器或是喇叭才能讓大家聽見他所說的話。

一天當中，杜立德醫生剩餘的時間也被鋪路、建水車、照顧病人等數不清的事情填滿。

雖然醫生非常不想當國王，但他還是從一開始就當得非常好。他或許不像從前的國王那樣高貴，總是跑去打仗和談戀愛，但是因為我從這麼小就見識過許多異地的國家與政府，我經常覺得，立大功國王所治理的波西佩多說不定是全球史上最棒的國家。

我們在這座島上待了六個半月之後，杜立德醫生的生日也到了。大家把這一天定為重大的國定假日，有盛大的筵席、煙火，還舉辦了演說和歡慶活動。

那天快結束時，兩個部落的首領在城鎮街道上列隊遊行，抬著一塊三公尺高、彩繪得非常美麗的黑檀木匾額。上面的圖畫是用來記載歷史的，他們會為每一位波西佩多國王保存這樣的東西，以記錄他們的功績。

在盛大又隆重的典禮中，匾額被豎立於新皇宮的門口，所有人都圍過去看。上面有六張圖，紀念立大功國王此生所做的六件大事，底下還有一首詩當作注解。這首詩是由宮廷詩人寫的，以下是它的翻譯：

（一）

他登上這座島

上天派他

從未知的國度乘海豚拖的獨木舟前來

他踏上我們的海岸

棕櫚樹

都鞠躬低頭

歡迎新來的國王

（二）

他遇見了甲蟲

在山裡的月光下

他與蟲獸交談

害羞的賈比茲

將危難的圖像帶給了他

（三）

他救出了失蹤的家庭

他的心胸寬大憐憫
他的雙手力量無窮
看他把山當成洋芋藤劈開！
看失蹤的人們
跳出去迎接白晝

（四）

他生了火

我們的土地冰冷凋零
他把手一揮，瞧！
電光閃過無雲的天際，太陽下沉
火出現了！
當我們圍在可喜可賀的火光前
我們任性的漂浮島嶼
被他推了一把
回到陽光普照
寧靜的停泊處

（五）

他帶領人民
贏得戰爭

就這麼一次
他親切的面容被生死危機蒙上陰影
邪惡的敵人真是不幸
竟敢攻擊
以立大功為首的部落！

（六）

他加冕為王

天上的鳥在歡慶
大海在岸邊微笑嬉戲
在那將他加冕為王的日子
印第安人全都喜極而泣
他帶來了建設、療癒、知識，也是一國之君；
他是最偉大的王
願他長壽千千萬萬年
心中洋溢幸福快樂
以和平祝福我們的島嶼

2 想念家鄉的國王

在皇宮裡，我和邦波各自擁有好幾間美麗的房間，並且跟波妮、吉卜和奇奇一起共用。在公務上，邦波是內政部長，我則是財政首長。長箭在皇宮裡也有辦公室，不過他暫時不在這裡，因為他去其他國家旅行了。

某天晚餐過後，杜立德醫生到鎮上的某個地方探望新生兒，我們則圍坐在邦波的會客室大桌子前。每天晚上，我們都會這樣討論隔天要做的事情，以及國家的種種事務，有點像內閣會議。

但是，這天晚上我們談論的是英國，還有一些食物，我們已經有點吃膩印第安人的食物了。這裡的人都不知道怎麼烹煮，我們在訓練皇宮大廚時也非常挫折，他們大多都會把好的食材搞砸，我們經常餓得不得了，這時杜立德醫生就會跟我們一起溜到皇宮的地下室，等廚師都熟睡之後，偷偷用木柴餘火煎鬆餅。醫生是最厲害的廚師，不過他以前都會把廚房搞得一團亂，所以我們當然要格外小心，以免被逮到。就像我剛才說的，今晚的內閣會議在討論食物，我才剛跟邦波聊起在蒙特維德製床師家吃的美食。

「我告訴你我現在想吃什麼，」邦波說，「一大杯加了鮮奶油的可可，在牛津的時候都吃得到最棒的可可，這座島上沒有可可樹，也沒有牛奶可以製作鮮奶油，真是太可惜了。」

「你們覺得，」吉卜問，「醫生什麼時候會想離開這裡呢？」

「我昨天才跟他聊起這件事，」波妮說，「但是我沒有獲得滿意的答案，他似乎不想談這件事。」

我們的談話暫停了一下。

「你知道我怎麼想嗎？」她繼續說，「我認為醫生已經放棄思考回家這件事了。」

「天哪！」邦波說，「不會吧！」

「噓！」波妮說，「那是什麼聲音？」

我們聽了一陣子，有警衛在皇宮走廊的遠處呼喊。

「國王駕到——讓路！國王駕到——」

「他來了——終於啊！」波妮悄悄的說，「跟平常一樣遲到，可憐的傢伙，工作得這麼努力！奇奇，去拿櫥櫃裡的菸斗和菸草，把睡袍準備好，放在他的椅子上。」

醫生走進來時看起來很嚴肅，他正在想事情。醫生疲累的取下皇冠，把它掛在門後的掛鉤上，接著把皇室斗篷換成了睡袍，坐在桌前的主位上深深嘆氣，並且開始把菸草塞進菸斗。

「嗯，」波妮小聲的說，「那個小嬰兒怎麼樣了？」

「嬰兒？」他喃喃的說，思緒似乎還在很遙遠的地方，「啊，對，嬰兒好多了，謝謝。他長了第二顆牙。」

他又開始沉默，迷濛的眼神穿過菸霧、望著天花板；我們則動也不動的圍坐等待。

「醫生，在你進來之前，」最後我終於開口，「我們在想你打算什麼時候回家，明天我們就在這座島上待滿七個月了。」

醫生往前坐了一點，看起來很不自在。

「其實，」他過了一會兒才說，「我本來今晚就想說這件事了，但是要讓你們完全理解現在的狀況……呃——有點困難。我恐怕沒辦法丟下現在的工作……還記得他們一開始要我當國王的時候，我說一旦擔起了責任，要卸下責任就不容易了吧？這些人有很多事情都變得很依賴我，我們也發現他們不太知道白人所擁有的東西，我們可以說大大的改變了他們的生活方向。改變別人的生活是一件很棘手的事情，無論帶來的改變最後是好是壞，我們都要關心。」

醫生思考了一下，接著用更難過也更小的聲音說：「我想繼續旅行，想繼續研究自然史，也跟你們一樣想回到沼澤窪鎮。現在是三月，草皮上的番紅花要開了……但是我擔心的事情成真了，我不能丟下他們跑走，我不能視而不見接下來會發生什麼事情，他們可能會恢復舊有的習慣和習俗，像是戰爭、迷信之類的；他們可能會用不當的方式利用我們教導的新東西，然後對他們造成不好的影響。更糟的是，我發現他們……他們喜歡我，他們相信我，他們遇到所有問題都會來找我幫忙；對於信任自己的人，沒有人會做出不公平的事情……還有就是，我也喜歡他們。我沒有孩子，而他們就像我的孩子，我真的很好奇他們長大後會變成什麼樣子。你們還不懂我的意思嗎？我怎麼能棄他們於不顧，讓他們活在困苦之中呢？不，我想過很多次了，我也想做出最好的決定，我當上國王時承擔下來的事情，恐怕得繼續做下去。我恐怕……我必須留下來。」

「一輩子……永遠留下來嗎？」邦波低沉的說。

醫生皺起眉頭，靜默了一會兒，沒有回答。

「我不知道，」他終於開口，「不管怎樣，我現在是走不了了，這麼做是不對的。」

接下來是一陣哀傷的沉默，但最後被敲門聲給打破。

醫生沉住氣，嘆了一口氣後起身戴上皇冠、穿上斗篷。

「請進。」他喊道，一邊坐回椅子上。

門打開了，男僕站在門口鞠躬，他是夜班一百四十三人當中的一位。

「噢，善良的人哪，」男僕說，「皇宮大門有一位旅人，他有事想找國王陛下您商量。」

「又有孩子出生了，我賭一先令。」波妮喃喃的說。

「你有問他叫什麼名字嗎？」醫生問。

「有的，國王陛下，」男僕說，「是金箭的兒子，長箭。」

3 印第安人的科學

「長箭！」醫生高呼，「真是太棒了！帶他進來，馬上帶他進來。」

「我好高興啊，」他繼續說，並且在男僕走後馬上轉過身來，「我好想念長箭，有他在的感覺太棒了——就算他的話不多。我看看，他去巴西已經五個月了，我好高興他平安回來。他划獨木舟出航真的很危險，這可不是開玩笑的，只用一艘三公尺長的獨木舟橫越幾百公里的大海，我可不敢這麼做。」

又是一陣敲門聲，當那道門應醫生的要求打開之後，我們看見那位高大的朋友站在門檻上，強健又晒黑了的臉上帶著微笑。他的身後冒出兩位搬運工，他們拿著好多東西，都包在棕櫚葉做的印第安草蓆裡面。問候過彼此之後，長箭便指示他們把這些重物放下。

「看哪，噢，善良的人，」他說，「我履行承諾，為你帶來了我收藏的植物，我把它們藏在安地斯山脈的洞穴裡，這些寶貝都是我這輩子的心血結晶。」

我們打開草蓆，裡面有好多更小的包裹和一綑一綑的東西，我們仔細的將這些東西排放在桌上。

剛開始，這一大堆東西看起來實在讓人提不起勁，有植株、花朵、果實、葉子、根、核果、豆子、蜂蜜、樹脂、樹皮、種子、蜜蜂和幾種昆蟲。

我一向都不太有興趣研究植物（或稱之為植物學，也就是這門學問的名稱）的自然史。跟研究動物比起來，我認為研究植物很無趣，但是就在長箭拿起各式各樣的收藏，並解釋其中的特色時，我卻愈聽愈著迷。他還沒說完，我就完全沉浸在他所介紹的植物界驚奇之中。

「這些呢，」他說，一邊拿起一小袋大顆的種子，「我把它取名為『笑笑豆』。」

「有什麼用途呢？」邦波問。

「可以讓人發笑。」長箭說。

邦波在長箭轉身時拿了三顆豆子，並吞了下去。

「哎呀！」長箭發現邦波這麼做時，說，「如果他想體驗這些豆子的效果，吃四分之一顆就夠了，我們就祈禱他不會笑死吧。」

這些豆子在邦波身上的效果實在太特別了，他先是露出大大的微笑，接著就開始偷笑；最後，他瘋狂的開懷大笑起來，笑了好久，我們不得不把他帶到隔壁房間，讓他睡一覺。後來，醫生說要不是他身體強健，說不定真的會死於大笑。整個晚上邦波都在睡夢中開心的咯咯笑，就連隔天早上把他叫醒時，他下床時都還笑呵呵的。

回到會客室後，長箭向我們介紹了一種紅色的根，他說煮湯後再加上糖和鹽，就會讓人跳起舞來，而且跳得又快又久。長箭要我們試試看，但是我們婉拒並向他道謝。經過邦波那番體驗之後，我們暫時不太敢拿自己做實驗。

長箭那些稀奇古怪又實用的收藏真是說也說不完：有一種藤蔓產生的油，能在一夜之間促進毛髮生長；有像南瓜一樣大的柳橙，那是長箭自己在祕魯山上的院子裡種出來的；一種能幫助入睡的黑色蜂蜜（他也把蜜蜂帶來了，還有他們吃的種子），只要吃一茶匙的量，隔天起床時就能精神飽滿；一種吃了就能擁有美麗歌喉的核果；一種能止血的水草；一種治療蛇咬的苔蘚；還有能預防暈船的地衣。

杜立德醫生當然對這些興致勃勃。早晨時，他有好幾個小時都忙著一一檢視桌上的東西，一邊聽長箭的口述，一邊在筆記本上列出它們的名字，記錄它們的特性並加以描述。

「湯米，」醫生寫完時說，「若是這裡的某些東西能被藥商利用，將會為全世界的醫藥和化學界帶來重大的改變。我推測，現今不好的藥物有一半都會被這個助眠蜂蜜給取代，長箭可說是發現了一部他專屬的藥用植物百科呢。米蘭達說得對，他是一位了不起的博物學家，他應該要與博物學家林奈*齊名才對。總有一天，我一定要把這些東西帶回英國……但是是什麼時候呢？」醫生傷心的接著說，「對，這就是問題：什麼時候呢？」

*編注：卡爾・林奈（Carl von Linné, 1707－1778），瑞典博物學家，也是現代生物分類學之父。

4 傳說中的海蛇

剛才說的那場內閣會議結束之後，有好長一段時間，我們都沒有再問杜立德醫生有關回家的事。我們繼續在蜘蛛猴島上生活，快樂的忙進忙出。歡慶聖誕節的冬季來了又走，夏天也在我們不注意時再度來到。

隨著時間過去，照顧蜘蛛猴島居民這個大家庭，也占去杜立德醫生愈來愈多的時間與心力，他研究自然史的時間愈來愈少。我知道醫生依然會想起在沼澤窪鎮的房子和庭院，還有以前的野心和計畫，因為我們偶爾會發現，當他因為某些事情想起英國或是從前的生活時，就會開始沉思，表情也變得有點哀傷，但是他從未開口提這些事。要不是因為一場意外，還有波妮，我真的相信他會在蜘蛛猴島度過餘生。

波妮這隻老鸚鵡對印第安人已經非常厭倦了，而她也毫不隱瞞。

「鼎鼎有名的約翰．杜立德，」某天，當我們走在海邊時她這樣對我說，「竟然把寶貴的人生拿來服務這些油腔滑調的土著——啊，真是愚蠢至極！」

那天，我們整個早上都在看醫生指揮波西佩多的新劇院工程。島上已經有歌劇院和音樂廳了，所以波妮看見時，終於按捺不住不平與怒氣。我建議她跟我去散個步。

「妳真的覺得，」我問，這時我們在沙灘上坐下，「他不會再回到沼澤窪鎮了嗎？」

「不知道，」她說，「我曾經覺得，只要想起家裡的那些寵物，他很快就會回家。但是自從米蘭達去年八月帶來家裡一切都好的消息之後，這個希望就破滅了。我絞盡腦汁，想了好久好久，希望可以想出一個計畫。要是我們能想出什麼辦法，讓他的心思回到自然史上就好了——一件讓他興奮得不得了的大事——我們應該做得到，但是要怎麼做呢？」她厭惡的聳聳肩，「怎麼做呢？他現在滿腦子都是鋪路和教那些孩子一乘以二等於二！」

這天，波西佩多的天氣很完美，明亮炎熱、藍海黃沙。我望著大海，昏昏欲睡，想起了爸爸和媽媽。我離開這麼久，不知道他們是不是會擔心。波妮在我旁邊繼續低聲發牢騷，她的話語開始和輕輕打在岸上的波浪交織在一起。我不知道是不是她那平穩的叨念聲，加上柔軟又溫柔的空氣，讓我開始想睡的；總之，我一下子就夢見這座島嶼又開始移動——不是像以前那樣漂浮，而是突然晃動起來，彷彿有股巨大的力量把它從海床上舉起，接著放下。

我不知道自己睡了多久，我是被鼻子上輕輕的鳥啄給叫醒的。

「湯米！湯米！」是波妮的聲音，「起來！天哪，這個孩子，都地震了還繼續睡，一點感覺都沒有！湯米！聽我說，機會來了。看在老天的份上，你起來啊！」

「什麼事情？」我問，一邊坐起來打呵欠。

「噓——你看！」波妮指著大海悄悄的說。

我半夢半醒，用滿是睡意的朦朧視線往前望，看見離岸邊不到三十公尺的淺灘，有一個淺粉紅色、超級大的殼；海浪在它的底部變成白色的小碎浪，這大概是我夢過最誇張的東西了。

「這是什麼東西啊？」我問。

「這個啊，」波妮悄悄的說，「就是百年來水手們所說的『海蛇』。我不只一次在船上遠遠見過他在水裡游進游出，現在終於能近距離靜靜的看著他了。我強烈懷疑，傳說中的『海蛇』根本就是銀魚說的那隻葛拉斯巨型海蝸牛。如果他不是全世界七大洋中唯一的葛拉斯巨型海蝸牛，我就改名叫臭烏鴉。湯米，我們走運啦，要趕在他跑到深洞之前，趕快找醫生來看看這個奇怪的東西。要是成功了，相信我，我們就可以離開這座上天保佑的島嶼。你留在這裡看著他，我去找醫生。不要動也不要說話，連大口呼吸都不要，說不定會嚇到他——蝸牛都是超級膽小鬼，看著他就好，我很快就回來。」

波妮偷偷摸摸的走在沙灘上，到灌木後面才飛起來。她往鎮上飛去，我則是獨自待在沙灘上，用驚奇的眼神看著這個不可思議的怪物在淺灘玩耍。

他很少動，有時候會把頭抬出水面，露出巨大的長脖子和觸角。他偶爾會試著把自己拉長前進，就像蝸牛移動時那樣，不過很快又會沉下去，彷彿已經筋疲力盡。在我看來，他的底部好像受傷了，但是那個部分在海面之下，所以我看不見。

我著迷的繼續觀察這隻巨獸。這時波妮跟醫生一起回來了，他們小心的靠近，不發出一點聲音，所以我沒有看見或聽見他們，等他們蹲在我身後的沙灘上時才發現。

只看了蝸牛一眼，醫生整個人都變了，眼睛閃爍著欣喜的光芒，自從來到這座島、抓到賈比茲甲蟲之後，我就沒有見過他這麼興奮又快樂的模樣。

「就是他！」醫生悄悄的說，「不用懷疑，他就是葛拉斯巨型海蝸牛。波妮，沿著海岸飛，看能不能幫我找到一些海豚，他們說不定可以告訴我們蝸牛來這裡做什麼，他會來到淺海地帶實在很不尋常。還有湯米，去港口弄一艘小獨木舟給我，但是划進海灣時要非常小心，要是嚇到蝸牛，讓他跑進深海，我們大概再也沒有機會見到他。」

「不要告訴印第安人，」我起身離開時，波妮悄悄補了一句，「一定要保密，不然就會引來一堆人看熱鬧。我們能在這個寧靜的海灣發現蝸牛，運氣實在太好了。」

我來到港口，從好幾艘獨木舟當中選了一艘又輕又小的，沒有告訴任何人我需要用這艘船的原因，接著就上船沿著海岸划行。

我非常害怕蝸牛在我回去之前就離開，所以當我繞過一個岩石岬角，望向海灣發現他還在的時候，你能想像我有多開心。

我看見波妮完成了任務，帶著一對海豚早我一步回去了，他們正小聲的跟醫生說話。我把獨木舟拖上岸、走過去聽。

「我想知道，」醫生說，「蝸牛怎麼會在這裡，據我的了解，他通常都待在深洞裡，就算來到海面，也會在大海中央。」

「噢，你不知道嗎？你還沒聽說嗎？」海豚回答，「你讓島嶼下沉的時候把深洞給蓋住了。沒錯，下沉的地方剛好就是洞口，就像蓋上蓋子。在那之後，洞裡的魚都想出來，而運氣最差的就是大蝸牛了，他被這座島嶼夾住了尾巴，當時他正準備離開深洞，在寧靜的夜裡散步，於是他就卡在那裡六個月，不停想辦法掙脫。最後他不得不把這座島的一邊抬起來，讓尾巴鬆脫。一個小時前有個像地震的震動，你沒感覺到嗎？」

「有，」醫生說，「我正在建造的戲院震垮了一部分。」

「嗯，那就是蝸牛把島嶼抬起來、離開深洞造成的。」他們說，「其他魚看見這個機會，也在他舉起島嶼的時候逃了出來。他又大又強壯，魚兒真是幸運。但是這個舉動讓他受傷了，扭傷了尾巴的肌肉、嚴重腫脹。他想找個安靜的地方休息，所以看見這個柔軟的海灘時就爬過來了。」

「天哪！」醫生說，「我感到非常抱歉，我應該要警告大家這座島要下沉了，不過老實說，我們自己也不清楚，這件事算是意外。那個可憐的傢伙傷得很嚴重嗎？」

「我們不確定，」海豚說，「因為我們都不會說他的語言。但是我們過來的時候，繞著他游了一下，他看起來不像傷得很重的樣子。」

「你們的同類都不會說貝類的語言嗎？」醫生問。

「一個字都不會，」海豚說，「那種語言太困難了。」

「你們可以幫我找到會說那種語言的魚嗎？」

「不知道，」海豚說，「可以試試。」

「要是能找到，我會很感激。」醫生說，「我有很多重要的事情想問蝸牛，也想盡力醫治他的尾巴，這是我唯一能做的了，畢竟這是我的錯，我間接傷害了他。」

「你就在這裡等吧，」海豚說，「我們看看能不能幫上忙。」

5 破解貝類的語言

於是，杜立德醫生戴著皇冠，像克努特國王*那樣在岸邊坐下來等待。整整一個小時，海豚來來去去，帶了不同的深海生物過來，看他們是否幫得上忙。

他們帶來的生物很多都很奇特，不過除了貝類以外，會說貝類語言的動物似乎非常少。然而，海豚還是幫上了一點忙，因為他們找到了一種非常古老的海膽（是個長得很有趣、像球一樣的小傢伙，全身都是長鬚）。這個海膽說他不會說貝類的語言，但是他年輕時聽得懂海星說話，程度足以讓他們相處得很愉快。這個發現就算還不足以讓人興奮，也很接近了。於是海豚把海膽留在我們這裡，出發去找海星了。

海星在這附近很常見，因此沒過多久，他們就找到了一個海星。接著，他們讓海膽當翻譯，問了海星一些問題。海星不算聰明，不過他還是盡量幫忙。經過一番耐心的詢問，我們高興的發現他會說貝類的語言，而且程度還不錯。

---

* 編注：克努特國王（King Knut, 994－1035），統治過丹麥、英格蘭、挪威地區。據傳他曾經坐在海邊、命令海水退卻，但卻失敗了。克努特國王藉此舉動凸顯所有國王都是渺小的，來責備一味奉承、吹捧他的臣子。

我和醫生都感到非常振奮，我們坐上獨木舟，海豚、海膽和海星則是在我們旁邊游動。我們輕輕的往外划，靠近大蝸牛高聳的殼底。

接下來的對話是我見過最有趣的了。首先，海星問了蝸牛一些問題，無論蝸牛回答什麼，海星都會告訴海膽，海膽再告訴海豚，海豚又會告訴杜立德醫生。

透過這種方式我們得知了很多事情，大多都是動物界最古老的歷史。不過蝸牛的回答很長，加上海星太笨了，而且要把語言翻譯來翻譯去也是個問題，所以我們遺漏了很多細節。

蝸牛說話時，我和杜立德醫生會把耳朵貼在他的殼上，結果發現這樣就能清楚聽見他的聲音。他的聲音就像銀魚所描述的那樣，又低沉又像鐘聲，不過我們當然一個字也聽不懂。醫生已經興奮得不得了了，因為他又能學到長久以來都想學習的語言。他讓其他動物不斷重複蝸牛說的短句，一下子就能理解其中的意思。你也知道，他之前就已經會一、兩種魚類的語言，這對他有很大的幫助。他用這種方式練習一陣子之後，便靠在獨木舟的側邊，把臉泡進水裡，試著直接跟蝸牛說話。

這件事情非常困難，好幾個小時過去了都沒有任何結果。但是很快的，醫生臉上露出了開心的表情，我就知道他開始有一點成果了。

太陽已經低垂，涼爽的傍晚微風開始輕輕吹過竹林，發出沙沙的聲音。這時，醫生總算抬頭對我說：「湯米，我已經說服蝸牛移動到乾的沙灘上，讓我檢查他的尾巴。可以請你回到鎮上，告訴工人今天停止建造劇院嗎？然後到皇宮拿我的醫藥包，我想我把它放在接見室的王位底下了。」

「記住，」波妮在我轉身時悄悄說，「一個字都不能說出去，如果有人問你問題，可要閉好嘴巴，假裝牙痛或什麼的吧。」

當我帶著醫藥包回到岸邊時，發現蝸牛高聳在乾燥的沙灘上。看見他的全身，就不難理解古時候迷信的水手為什麼會叫他「海蛇」了。他的確是非常龐大的生物，也有自己的優雅與美麗。醫生開始檢查他尾巴腫起來的部分。

杜立德醫生從我帶來的醫藥包裡拿出一大瓶藥水，開始在扭傷的地方輕揉塗抹。接下來，他拿出醫藥包裡的所有繃帶，一條一條的把頭尾綁在一起。可是即使這麼做，繃帶還是不夠包覆蝸牛一半的巨尾。醫生堅持一定要將腫脹的部分緊緊包住，所以他又派我回皇宮，到寢具櫃裡拿床單。我和波妮把這些床單撕成繃帶的形狀，經過一番努力之後，終於把扭傷的部分包紮成醫生滿意的樣子了。

蝸牛受到這番照顧，看起來非常高興，並在醫生忙完之後懶洋洋的伸展身子。這個動作讓他背上透明的殼變得中空，一眼就能望穿，看見對面的棕櫚樹。

「我們之中最好有人能陪他一整晚，」醫生說，「這個差事或許可以交給邦波，畢竟他整天都在打盹——我知道，就在涼亭裡。蝸牛扭傷得不輕啊，要是他睡不著，有人陪他應該會讓他開心一點。不過他會好起來的，幾天之內應該可以。要不是我這麼忙，我會親自陪他一整晚。真希望我可以，因為我還有好多事情想和他聊。」

「可是，醫生，」在我們準備回到鎮上時，波妮說，「你該放個假了，所有國王都會時不時放個假，每一個都是這樣。就以查理二世*來說——當然啦，他是前一個世代的國王，但是呢，他總是在放假。他雖然不是國王的典範，但一樣非常受到愛戴，大家都喜歡他，就連漢普頓宮**池塘裡的金色鯉魚也喜歡他。對於他這個國王，我唯一不喜歡的地方就是他培育了一種又笨又暴躁的小狗，他們稱之為『查理王長毛獵犬』。可憐的查理二世有很多故事在流傳，但是在我看來，這是最糟糕的一件事。不過這些都不重要，就像我說的，國王跟任何人一樣都需要放假。自從當上國王，你一天假都沒放不是嗎？」

「對，」醫生說，「好像是這樣。」

「那我告訴你該怎麼做，」她說，「回到皇宮之後，你就須布皇室聲明，說因為健康因素，要到鄉下待一個星期，而且不要任何僕人同行——你懂嗎？像個普通人一樣，這就叫做『微服出巡』，國王外出旅遊的時候就是這樣。他們都是這麼做的，這樣才能快樂的度假。而你離開的這一週，就可以跟蝸牛一起在沙灘上放鬆，怎麼樣？」

「我很樂意這麼做，」醫生說，「聽起來非常吸引人。可是有新的劇院要建造，沒有我親自示範，木匠們都不知道要怎麼蓋屋頂。還有新生兒，這些印第安母親懂的真的很少。」

「噢，別管那個劇院了，新生兒也是，」波妮不高興的說，「劇院可以等一個星期以後再說，至於那些寶寶，他們通常都是肚子痛。看在老天的份上，你覺得你來這裡之前他們是怎麼過的？放假吧……你很需要。」

* 編注：查理二世（Charles II, 1630－1685），英格蘭、蘇格蘭、愛爾蘭國王，以「快樂君主」（Merry Monarch）聞名。

** 編注：英國都鐸王朝跟斯圖亞特王朝的王室官邸，但自十八世紀開始不再作為王室的居住所。

6 最後一次內閣會議

從波妮說話的樣子來看，放假這件事也是她的計畫之一。杜立德醫生沒有回答她，我們不發一語的往鎮上走去。但是我看得出來，波妮的話確實影響了醫生。

晚餐過後，醫生就從皇宮消失了，而且沒有說他要去哪裡，他以前從來不會這樣的。當然，我們都知道他去了哪裡——回海灘陪蝸牛一起過夜。我們非常肯定，因為他並沒有把這件事情交代給邦波。

那天晚上，內閣會議的門一關上，波妮就對所有閣員說：

「聽著，各位，」她說，「我們要做的就是讓醫生放假，除非我們想在這座上天保佑的島嶼度過下半輩子。」

「但是，」邦波說，「讓他放假會帶來什麼改變嗎？」

波妮不耐煩的對內政部長邦波說：「你看不出來嗎？如果他有整整一週的時間可以重拾他對自然史的興趣，像是那些海洋知識和深入海底的夢想，他就可能會答應離開這個惱人的地方。如果他在這裡盡忠職守、當國王，就不會有時間停下來思考公事以外的事情了。」

「這倒是真的，他太盡心盡力了。」邦波表示認同。

「還有，」波妮繼續說，「要離開這裡，唯一的希望就是偷偷逃走。他必須在放假時藉著微服出巡的機會離開，因為除了我們，沒有人知道他在哪裡、在做什麼。要是他建了一艘能渡海的大船，印第安人都會看見、聽說這件事，然後他們就會詢問這艘船的用途，然後會干涉，他們無論如何都不願意失去醫生。啊，我都覺得，要是他們知道他想逃走，應該會用鐵鍊綁住他吧。」

「沒錯，我也覺得他們會。」我表示同意，「不過，沒有船的話，我就不知道醫生該怎麼離開了，就算是偷偷逃走。」

「讓我告訴你吧，」波妮說，「如果成功讓他去度假，那下一步就是讓蝸牛允許我們進到他的殼裡，載我們去沼澤窪河的河口。如果我們能讓蝸牛同意，那這個誘惑對醫生來說就太大了，他會來的，我知道。尤其是他還可以帶長箭的植物和藥物回去給英國的醫生，途中也可以去海底。」

「這真是太讓人興奮了！」我高喊，「妳是說，蝸牛可以帶我們潛到海裡，一路回到沼澤窪鎮嗎？」

「當然，」波妮說，「這個小旅行對他來說根本不算什麼，他可以在海底爬，讓醫生看看那裡的景象，超級簡單。噢，醫生會來的，只要我們想辦法讓他去度假——還有，如果蝸牛也答應載我們一程的話。」

「天哪！希望他答應！」吉卜說，「我已經受不了這個蠻荒的熱帶地區了，讓人懶洋洋又一是無成。而且這裡沒有老鼠，就算有，也沒人有精力去追吧。天哪，要是能再見到沼澤窪鎮和那座庭院，我一定會很高興的！鴨子達達也會很高興我們回家的！」

「下個月底，」我說，「我們離開英國的時間就滿兩年了，從我們在國王橋起錨、跌跌撞撞的駛進河道開始算起。」

「還有卡在泥岸上。」奇奇接著說，聲音聽起來有點朦朧，有點距離。

「還記得河岸上那些跟我們揮手道別的人嗎?」我問。

「記得，我想在那之後，他們一定常在鎮上聊起我們的事。」吉卜說，「猜想我們是死是活。」

「別說了，」邦波說，「我快要哭了。」

7 離開蜘蛛猴島

杜立德醫生跟蝸牛聊了一整夜之後，隔天早上告訴我們，他決定要放假，你一定猜得到我們有多高興。鎮上的宣令官立刻頒布消息，說國王陛下要到鄉下休息七天，但是在這段期間，皇宮和政府單位將會和平常一樣運作。

波妮高興極了，她馬上悄悄安排出遊的事宜，也就是確保沒人能聽到風聲，得知我們要去哪裡、帶了些什麼、什麼時候離開，或是要從皇宮的哪一道門出去。

波妮這個詭計多謀的老手，把事情做得滴水不漏，就連我們這些與醫生同一陣營的人都想不到某些安排背後的原因。她把我叫到房裡，告訴我一定要記得帶醫生的所有筆記本；長箭是唯一知道我們要去哪裡的印第安人，他說他很樂意跟我們一起去海邊看巨型蝸牛，波妮也要他務必帶那些收藏的植物過去；波妮要邦波帶著醫生的高帽子，並且小心翼翼的藏在大衣底下。她幾乎把所有值夜的男僕都派去鎮上跑腿辦事，盡可能減少看見我們離開的僕人數量。最後，她也決定要在午夜啟程，也就是鎮上大部分的人都在睡覺的時刻。

為了這個皇室假期，我們必須帶足一個星期的食物，所以除了自己的行囊之外，我們還帶著大包小包，並且半夜十二點一到就打開皇宮的西側門，小心翼翼、不聲不響的

「微服偷溜。」邦波悄悄的說。

踏進月光照耀的花園。

「微服偷溜。」邦波悄悄的說。我們把身後厚重的門給關上，沒有人看見我們離開。

從孔雀露台通往沉水玫瑰園的石階底，出於某個原因我停下腳步，回頭望著這座雄偉的宮殿。宮殿蓋在一個陌生又遙遠的地方，除了我們之外沒有其他白人來過。不曉得為什麼，我有一種很強烈的感覺，就是我們今晚就會離開，再也不會回來。我也很好奇，我們離開之後，會有什麼樣的國王和部長住進這些華麗的廳堂。氣溫炎熱，一切都靜止著，只有溫馴的紅鶴在蓮花池裡划水，發出輕輕的撥水聲。突然間，柏樹叢的轉角出現了夜間守衛的閃爍燈光，波妮拉了拉我的長襪，開始不耐煩的低語，要我趕快走，以免被人發現我們要逃走。

抵達海灘時，我們發現蝸牛已經好多了，擺動尾巴時也不會痛。

海豚（他們天生就是愛打聽的動物）依然在附近的海面遊蕩，想知道有沒有什麼有趣的事情。而策畫一切的波妮，則是趁杜立德醫生忙著查看他的新病人時對海豚比了比手勢，把他們找到一旁，私下小聊一會兒。

「聽我說，朋友，」她低聲說，「你們也知道醫生為動物做了多少事，可說是一生都獻給他們了。現在，你們回報的機會來了。聽著，他當上了這座島嶼的國王，但是並非出於自願，而他也覺得，既然接下了這份職務，就不能夠放下，還認為印第安人沒有他不行；但是你我都很清楚，這根本就是胡說。好，重點來了：如果這隻蝸牛願意把醫生和我們放進殼裡，再加上一點點我們的行李，不多，就三、四十件吧，然後載我們到英國，這樣醫生絕對會去，因為他非常想探究海底，而且這是他唯一能逃離這座島的機會。讓醫生回到自己的國家、繼續他正常的工作，這件事情非常重要，對世界上的動物也很有意義。所以，我們希望你們可以告訴海膽，叫他告訴海星，再告訴蝸牛，請他把我們裝進殼裡，帶我們到沼澤窪河。這樣清楚嗎？」

「清楚，清楚，」海豚說，「我們也很願意盡力說服他，就像妳說的，動物這麼需要他，讓這個了不起的人在這裡浪費時間實在很可惜。」

「還有，別讓醫生知道你們在做什麼，」海豚開始移動時，波妮說，「要是醫生覺得我們插手了，說不定會猶豫退縮。要讓蝸牛說他是自願載我們的，懂嗎？」

醫生完全沒發覺，只專注在手邊的工作，也就是站在水淹到膝蓋的淺灘幫蝸牛活動他的尾巴，看他能不能上路旅行。邦波和長箭，加上奇奇和吉卜，都懶洋洋的靠在沙灘上的棕櫚樹下。這時我和波妮過去加入他們。

✦ ✦ ✦

半個小時過去了。

我們不知道海豚究竟有沒有成功，直到醫生突然離開蝸牛身邊來找我們。他說得口沫橫飛、上氣不接下氣。

「猜猜看發生了什麼事？」醫生高呼，「剛才跟蝸牛說話的時候，他竟然提議讓我們坐進他的殼裡，載我們回英國吔！他說反正他也要去探險、尋找新家，因為深洞被蓋住了。他說，如果我們願意的話，載我們到沼澤窪河也算順路。天哪，真是千載難逢的機會！我想去，這樣就可以在海底探索，一路從巴西到歐洲呢！這件事情從來沒有人做過，這將會是一場壯麗的旅程！要是沒有遷就他們的意思當國王就好了，我只能看著這個一生只有一次的機會溜走。」

他轉過身去，再次走到沙灘中間，用嚮往與渴望的眼神凝視著蝸牛。他站在月光照耀的孤寂海岸上，頭戴皇冠，流露出一種特別哀傷、孤苦伶仃的感覺。他的身影在後方那片閃亮海洋的襯托之下，顯得特別黑暗。

我手肘邊的波妮從黑暗中起身，靜靜的移動到醫生旁邊。

「醫生，」她說，語氣柔和又有說服力，彷彿在跟任性的孩子說話，「你知道當國王並不是你人生中真正該做的工作吧，這些土著沒有你也可以繼續生活——當然不會比有你在的時候好，不過他們會想辦法的，就像你來之前那樣。沒有人會指責你沒有為他們盡心盡力，這是他們的錯，是他們要你當國王的。何不接受蝸牛的提議呢？現在就丟下一切離開吧，你將進行的工作、你將帶回家的知識，都比在這裡做的事情有價值多了。」

「我的好朋友，」醫生轉身傷心的對她說，「我不能這麼做。他們會回到那些不衛生的生活方式——用骯髒的水、吃沒煮過的魚、沒有下水道，還會腸發炎之類的……

不，我一定要為他們的健康和福祉著想，我原本就是醫治人的醫生，也許終究還是得走這條路。我不能丟下他們，也許以後還會有轉機，但是我現在不能丟下他們。」

「你這樣想就不對了，醫生，」她說，「你應該現在就離開，不會再有什麼『轉機』了，你待愈久就愈難離開——現在就走，今晚就走。」

「什麼，沒跟他們說再見就要偷偷跑走嗎？啊，波妮，妳這是什麼建議啊！」

「他們最好會讓你說再見！」波妮嗤之以鼻，終於開始不耐煩，「我告訴你，醫生，如果你今天晚上回到那個地方，不管是道別還是做什麼，你就會待下來。現在——此時此刻，就是你該離開的時候。」

老鸚鵡的這番實話似乎發揮了作用，因為醫生靜靜的站著、思考著。

「但是我還有筆記本呢，」醫生很快又說，「我得回去拿。」

「我有帶，醫生，」我大聲說，「全都帶來了。」

他又開始沉思。

「還有長箭的珍藏，」他說，「我也得帶走。」

「在這裡，嗅，善良的人。」棕櫚樹的影子裡傳來印第安人深沉的聲音。

「那糧食呢，」醫生問，「我們路上要吃的食物啊？」

「我們帶了一個星期的食物，度假用的，」波妮說，「比實際需要的還多。」

醫生又陷入第三次的沉默與沉思。

「還有我的帽子，」最後他焦急的說，「就這麼決定了，我必須回到皇宮，我不能不帶那頂帽子走，我怎麼可能帶著皇冠出現在沼澤窪鎮呢？」

「帽子在這裡，醫生。」邦波一邊說，一邊拿出大衣裡那又老又破，但備受鍾愛的帽子。

波妮真的把一切都設想好了。

但是，醫生還在想其他的藉口。

「噢，善良的人哪，」長箭說，「為什麼要迎向不好的命運呢？你的道路很清楚，你的未來和你的工作都在召喚你回到大海另一頭的家。你將帶著我為人類蒐集到的知識離去，去到比這裡更能善加利用它的地方。我在東方的天空看見了微光，白天就要來了，在你的人民出門之前離開吧，在你的計畫被發現之前離開吧。我真心相信，若你現在不走，你的餘生將會在波西佩多徘徊流連，當一個身不由己的國王。」

重大的決定經常要多花一點時間思考。在逐漸發白的天空下，我看見醫生的身影突然挺直。他慢慢從頭上摘下神聖的皇冠，並放在沙地上。

醫生開口時，聲音哽咽帶淚。

「等他們來找我，」他喃喃的說，「他們會在這裡發現皇冠，然後會知道我走了……我的孩子，我可憐的孩子啊！不知道他們會不會理解我離開的原因……不知道他們會不會理解……會不會原諒。」

醫生拿起邦波手中的舊帽子，接著轉向長箭，不發一語的握住他伸出的手。

「你的決定是對的，噢，善良的人。」長箭說，「不過沒有人會比金箭之子——長箭我，更想念你、更感到難過。再見了，願好運透過這隻手永遠為你帶路！」

這是我第一次見到醫生哭泣，也是唯一的一次。他轉過身去，一個字都沒有和我們說，便從沙灘走向淺灘。

蝸牛隆起他的背，打開肩膀和殼之間的開口。醫生爬了上去、進入開口，我們也把行李拿上去，跟著他爬進去。蝸牛殼的開口緊緊關上，發出了抽氣的笛音。

這隻巨大的生物轉向東方，開始平穩的前進，下坡進入深海。

深綠色的渦流在我們頭上匯聚閉合，這時升起的太陽光環探出海面。我們從透明的珍珠殼裡望出去，看見周遭水汪汪的世界突然被最不可思議的夢幻色彩給點亮，這是海平面下的黎明時刻。

接下來，就是返家之旅的故事。

我們對這個新的住處感到非常滿意。殼裡的空間很寬闊，只要習慣了溼黏的觸感，坐或躺在蝸牛寬闊的背上都十分舒服，比沙發還要棒。啟程後不久，蝸牛就問我們介不介意脫下靴子，因為我們興奮的從這一頭跑到另一頭看不同的景象時，凹凸的鞋底弄痛了他的背。

我們移動得非常流暢平穩，不會感到不舒服；事實上，我們行進的很平順，要不是因為外面的景象在移動，根本不會感覺到蝸牛在移動。

基於某種原因，我一直以為海底是平的，可是我發現它就跟陸地表面一樣不規則，也很多變。我們爬上壯闊的山脈，那裡的山峰一個比一個高；我們穿過又高又濃密的海草森林；我們橫越寬廣且空無一物的泥沙地帶——這裡就像沙漠，幅員是如此遼闊，前進一整天都沒看見東西，只有前方模糊的海底地平線。有時外面的景象都被苔蘚給覆蓋，起起伏伏的小丘陵就像草木茂盛的牧場那樣翠綠、讓眼睛放鬆，讓你差點就以為會見到羊群在水裡的草丘上吃草。有時候，我們會像豆子一樣在蝸牛的身體裡往前滾——就是他突然往下潛的時候；我們進入幽閉的深谷，兩旁都是陡峭的山坡。

在地勢較低的地帶，我們常常看見沉船朦朧的身影——不知道是多少年前遇難下沉的。經過時，我們都會像孩子在教堂看見石棺那樣壓低音量說悄悄話。

而這些又深又暗的水域，會有巨型魚類在洞穴和凹洞裡裡靜靜的進食，我們接近時他們會嚇得跳起來，以箭一般的速度游向暗處。其他比較大膽的魚會馬上冒出來，他們有著奇形怪狀和顏色，會隔著蝸牛殼看著裡面的我們。

「他們應該覺得這是水族缸吧。」邦波說，「我討厭被當成魚。」

這是一場刺激又不斷變換的景觀秀，醫生不停的寫字和素描，沒多久就把剩下的空白筆記本全寫滿了。然後，我們在口袋裡尋找零散的碎紙，匆匆記下更多的觀察。我們甚至把用過的筆記本拿來用第二遍，在一行一行的字之間書寫，書皮的正反兩面都有潦草的字跡。

我們最大的不便就是沒有足夠的光線。深海非常昏暗，第三天時，我們從一群紅紋刺鰍旁邊經過，那是一種大型的、身形長且柔軟的發光魚類，醫生拜託蝸牛請紅紋刺鰍和我們同游一段路，他們同意了，便游到我們旁邊。雖然他們發出的光不是很亮，但還是對我們有很大的幫助。

我們都很困惑，這隻巨大的蝸牛是怎麼橫越又黑又大的世界，於是醫生問了他用什麼方法導航，也就是蝸牛怎麼知道這條是去沼澤窪河的正確路線，而蝸牛的回答讓醫生非常興奮。在沒有紙的情況下，他撕下了那頂寶貝帽子的內襯，在上面寫滿筆記。

夜裡我們當然看不見任何東西，而在這段期間，蝸牛會開始游泳，而不是用爬的。只要擺一擺那條長尾巴，蝸牛就能游得非常快，所以我們才能在這麼短的時間內完成旅程，只花了五天半。

我們所待的艙房整趟旅程中都沒有換氣，所以變得非常悶熱、不透氣。最初兩天我們都覺得頭痛，但是後來就習慣了，變得一點也不在意。

第六天中午過後，我們發現蝸牛正爬上一座緩坡，而且愈往上愈亮。最後，我們看見蝸牛爬出了水面，停在一道長長的灰色沙地上。

我們後方的海面有海風吹拂的波紋，左手邊是河流出海口，海水正在退潮。而前方，低平的地勢往霧裡延伸，霧氣讓我們無法看得很遠。一對野鴨伸長脖子、拍拍翅膀，從我們頭上飛過，接著像幻影一樣消失在臨海的方向。

以景色來說，這裡跟波西佩多豔陽高照的大熱天很不一樣。

蝸牛發出了同樣的抽氣聲後，開口便打了開來，讓我們爬出來。我們踏上溼溼的沼澤地，發現外頭下起了秋天的綿綿細雨。

「這就是那快活的英國嗎？」邦波問，一邊往霧裡望去，「這裡看起來好陌生，蝸牛說不定還是走錯路了。」

「蝸牛沒有走錯路，」波妮嘆了一口氣說，一邊抖去羽毛上的雨滴，「這裡是英國沒錯，就是這副討人厭的天氣。」

「噢，大夥，」吉卜高喊，一邊大口大口嗅著空氣，「這裡有個味道，好棒的味道！恕我失陪，我看見水鼠了。」

「噓——你們聽！」奇奇說，他冷得牙齒不斷打顫，發出喀啦喀啦的碰撞聲，「沼澤窪教堂的鐘敲了四下，我們分配一下行李上路吧，走回家還有一段好長的沼澤路呢。」

「我們只能祈禱，」我插了一句話，「希望達達有生起廚房的爐火。」

「她一定會的，」醫生說，一邊從行李堆中翻出他的舊手提包，「只要吹起這道東風，她就得生火讓屋子裡的動物取暖。走吧，我們沿著河岸走，這樣就不會在霧裡迷路了。糟糕的英國天氣也有一個優點，就是可以期待廚房的爐火……四點了！走吧，回去剛好可以吃晚餐。」

THE END